AF417013

SEGUIR LA NOCHE

Claudio Naranjo Vila

SEGUIR LA NOCHE

PRIMERA EDICIÓN
Noviembre 2021

Editado por Aguja Literaria
Noruega 6655, dpto. 132
Las Condes - Santiago de Chile
Fono fijo: 56 - 227896753
E-Mail: contacto@agujaliteraria.com
www.agujaliteraria.com
Facebook: Aguja Literaria
Instagram @agujaliteraria

ISBN
9789566039990

Nº INSCRIPCIÓN:
2021-A-9008

TAPAS:
Imagen de Portada: Carla Guerra Villar
Diseño de Tapas: Josefina Gaete Silva

A Mila y Luna, por ayudarme a escribir esto.

… en el curso de la vida nos convertimos en muchas personas diferentes, y es precisamente eso lo que hace que los recuerdos parezcan extraños. Una persona, la última, se esfuerza por unificar todos los personajes anteriores.

Autorretrato, François Truffaut

Que no consideres como bueno o malo nada de lo que te suceda, ni por tu virtud, ni por tu malicia; después, que seas inmutable tanto al bien como al mal y, en cuanto es posible, te hagas como la imagen de un Dios. ¿Qué se te promete por este ejercicio? Grandes cosas, iguales a las divinas. A nada estarás obligado y nada necesitarás, serás libre, seguro, sin daño; nada intentarás en vano, nada se te podrá impedir; todo te saldrá conforme a tu juicio, nada malo te sucederá.

De la vida bienaventurada, Séneca

Los poemas como pequeñas linternas en que arde aún el reflejo de otra luz.

La Semaison, Philippe Jaccottet

Ella ha vuelto. Después de tantos años y desencuentros, ella aparece. Se pregunta si en realidad fue hasta su mesa a mostrar sus libros, en esa imagen borrosa e incierta de un bar que le dejó la noche anterior. ¿Y quién habrá sido aquel hombre sentado a su lado? No recuerda con certeza lo que ocurrió, solo guarda la sorpresa del encuentro, el alcohol bebido hace que su memoria se asemeje a las imágenes de un sueño. Algo le dice que, de algún modo, es cierto. No cree que ella lo haya reconocido —tan cambiado está—, con el pelo y la barba largas, muy distinto al corte romano y las patillas recortadas que usaba antes. Como en tantas otras veladas, la noche pasada anduvo de un lugar a otro vendiendo sus libros, entró a muchos locales para ofrecerlos y bebió a costa de las pocas ganancias que le dieron sus versos. Los ejemplares, que aún carga hoy consigo, llevan como autor un seudónimo que no sabe si ella recuerda.

La tarde cae en Valparaíso. Al Poeta, quien ha pasado todo el día al borde del abismo, no se le ocurre nada mejor que entrar al Cinzano, un antiguo bar de la plaza Aníbal Pinto, y pedir una cerveza. Sentado en la barra, mirando su rostro en el largo espejo que cuelga detrás de las botellas, se dice que ha llegado el momento de enfrentar de una vez por todas la situación que lo mantiene colgando de un hilo.

De algo está seguro: no andará tras ella. El reencuentro (un deambular incesante por la noche, por todas las noches que lo trajeron hasta este momento, como si su peregrinaje hubiera sido un largo camino de vuelta), más que la posibilidad de un nuevo comienzo, debe ser algo así como el fin de un tiempo, un epílogo que cierre y de sentido a los días que, de otro modo, se habrían perdido en la memoria. "Todo reencuentro debe ser la metáfora de una realidad que sucedió de otra forma", y tantas otras excusas que se da a sí mismo a falta de las certidumbres que habrían dejado las cosas como estaban, es decir, como una relación lejana que terminó mal y no había manera de recuperar. Además que Mila, por quien debe en verdad preocuparse —tras su repentina y misteriosa desaparición—, no puede quedar relegada al fondo de la imagen.

El Cinzano está casi vacío, solo un par de oficinistas ocupan las mesas. Es temprano y aún no suben al escenario los viejos cantantes de tango y bolero, a entonar sin mayor variación las canciones de todas las noches para los turistas que llegan a comer o tomarse un trago, a empaparse con algo del pasado esplendoroso de la ciudad que ahora se cae a pedazos lenta pero sostenidamente.

Refugiado en el bar, con la cerveza a medio beber, como tomando aire antes de sumergirse en lo que traerán las próximas horas, se dice que está bueno de todo esto, tiene que extirpar lo que queda de ella, y de ese patético personaje que fue en otras latitudes del tiempo, presa de pasiones tristes y días sin objeto, víctima de las pruebas que se interpusieron en su camino. Para ello pretende seguir las señales de alguien que lo guía de forma misteriosa, a través de los parajes sinuosos y llenos de peligros de los abismos de la noche.

Como un rehabilitado que de golpe recuperaba largos años de abstinencia, recordé tu número. Esperé a que mis amigos salieran del baño, cerré la puerta de la cabina y marqué. Entre sorprendido y decepcionado, escuché una voz diciendo que el número que acababa de marcar no existía y que consultara la guía. La grabación volvió a empezar, mientras le daba un puñetazo a la puerta. "Todo está perdido —pensé—, nunca más sabré de ella". Escupí en el *water* y paseé de un rincón a otro de la cabina para hacer memoria. "¡Claro! ¿Cómo pude ser tan tonto? Si desde entonces agregaron otro dígito a todos los teléfonos de Santiago". Hundí los botones de mi celular otra vez.

Esperé a que alguien contestara, estaba inquieto y movía los pies de un lado a otro, como si bailara. Hacía varios meses que te había vuelto a ver, de casualidad y a lo lejos, en una de las mesas del bar Liguria; tan extraña a mí, riéndote con gente desconocida. Mientras aún esperaba, la música del bar trajo de vuelta una vieja melodía, nombrando tantas cosas que ya no estaban. Me puse a tararear la canción hasta que salió tu voz.

Después de tu sorpresa y los saludos de rigor, hubo un silencio en que debí explicar el motivo de mi llamada.

—Sé que ha pasado mucho tiempo, pero mira —traté de demorar las palabras para que no se notara lo nervioso que estaba—, mañana me voy de viaje y… algo me dijo que debía llamarte. Ojalá no te moleste.

—No seas tonto, para nada —dijiste, Alejandra—. Qué coincidencia, el otro día estuve leyendo unos poemas que me regalaste… hace ya tanto tiempo.

—¿Y cómo eran?

—Superbonitos… Y cuéntame, ¿te casaste?

No, no me había casado. Me dieron ganas de terminar la llamada cuanto antes, parecía un gesto inútil solo porque me iba del país unos días, aunque siempre me rondara el fantasma de los hijos de exiliados, el temor a salir del país y no poder volver.

—En la empresa me han hecho ofertas para que me quede afuera, pero me gusta vivir acá —dije.

—Sabía que te iba a ir bien.

—Ahora me voy por una semana y quise despedirme.

¿Despedirme de qué, de quién? ¿Acaso eras la misma de antes?, me pregunté, mientras pasaba mi mano por el pelo. Temí que mis palabras sonaran demasiado comprometedoras, después de no saber de ti en tantos años.

—¡Qué bueno que llamaste! Avísame cuando vuelvas, sería rico que nos juntáramos.

Después de colgar con un "Seguro que sí, claro. Estamos en contacto", salí del baño con una gran sonrisa y me adentré por uno de los salones del bar Liguria. Las mesas ocupadas, la gente parada afuera esperando poder sentarse, la música tan fuerte que obligaba a gritar para escucharse, las paredes llenas de afiches de cantantes, futbolistas o los clásicos pósteres del Moulin Rouge pintados por Toulouse-Lautrec, nada de ese ambiente sobrecargado de estímulos podía molestarme después de hablar contigo.

Encontré a mis amigos en la barra, amigos que solo podía llamar así cuando, borracho, me sentaba en cualquier lado e invitaba a todos a un trago. Podía pasar la vida entera allí, aunque nadie se quedara tan tarde como yo y emigrara a otras mesas, estando con todo el mundo sin estarlo de veras, hablando estupideces un rato: fútbol, *rock*, mujeres, trabajo. Además que Paula (o alguna otra como ella, les decía a mis amigos de esa noche) siempre estaría esperando en el departamento, con sus platos naturistas según la última moda, y los discos que creía cultos porque eran de música correctamente clásica como Vivaldi o Albinoni. Esa mina llamada Paula, tan mimadora y servil, dejaba la cama preparada cosa de llegar y acostarme, además de una nota llena de cariño debajo de la almohada cuando no podía esperarme. Era tan estúpidamente buena y acogedora, abnegada hasta ser odiosa y sonriente cuanto más la rechazaba.

Alguien cerca de mí en la barra celebró mi comentario. Las conversaciones se sucedían y también los tragos. Mis amigos plantearon que usar drogas no era muy distinto a chantarse antidepresivos o calmantes para la ansiedad.

—Lo que pasa con la droga es que no hay que pagarle a un medicucho para que te la dé y cuesta más conseguirla, pero a la larga igual te sube el ánimo y hace la vida más llevadera, siempre que no abuses…

—… siempre que no abuses —complementé—, o terminarás por caer en las manos de los mismos medicuchos que al final se saldrán con la suya, te enchufarán los remedios y…

—Así que te vas de viaje. —El tipo sentado a mi lado se giró para mirarme, no sabía su nombre—. Volvamos al baño a emparejarnos la nariz, después pedimos otros tragos para desearte un *bon voyage.*

—No, yo paso, compadre. Tengo que levantarme temprano.

Aunque insistieron, me puse de pie. "Por una mina como Alejandra, estoy dispuesto a dejarlo todo", pensé para mis adentros al estrecharles la mano, pero era difícil mantener ese ritmo de vida tan agitado sin la ayuda de mis amigos. Sobre todo al día siguiente, cuando despertara con dolor de cabeza y los nervios de punta, y tuviera que manejar hasta el aeropuerto dejando el auto estacionado allí, deseando que Paula no me llamara al celular como en mi último viaje, para pedirme algo tan exasperante y tierno como un osito de peluche de regalo. Luego de que el avión despegara y pudiera desabrocharme el cinturón de seguridad, pediría un *whisky* tras otro para pasar la resaca de la noche anterior.

"No puede ser que lo de un rato atrás sea la última vez, ¿por qué soy tan drástico conmigo?". Manejé de vuelta a mi departamento, recordando que, después de unos tragos, al igual que otras noches, con mis amigos ocasionales fuimos al baño. Pusimos el pestillo a la puerta, conversamos sobre chicas y nos juramos amistad eterna. Descolgamos el espejo y esparcimos sobre la superficie el polvo blanco, lo molimos y ordenamos finamente unas líneas. Luego nos turnamos el *dollar* que alguien sacó, billete que fue aspirado de nariz en nariz. Los más entusiastas lamieron los restos adheridos al espejo. Cuando me lo pasaron de nuevo, miré que no hubiera rastros de polvo en mi nariz. La sensación de embriaguez se disipó. Después de eso mis amigos volvieron a la barra a conversar todos los tragos que el mozo les ofreció una y otra vez, mientras yo sacaba mi celular para ir a la cabina del baño a llamarte, Alejandra. Andaba tan falto de fuerzas que a cada rato necesitaba otra línea para reanimar mi cuerpo. Surgías como una buena excusa para dejarla: adiós a Las Vegas, pero la botella de escocés no me la quitaba nadie. "No, mejor guardo dos papelillos al fondo de un cajón del escritorio, por si acaso", pensé al abrir la puerta de mi departamento.

—Estás pasado a trago —dijo Paula, cuando me tendí a su lado.

—No sabía que ibas a estar.

—¿Qué onda? ¡Si siempre te espero! Ya, acuéstate. Te despierto mañana.

Aunque no preguntó, le dije que había estado toda la noche hablando con alguien de la oficina y afinando los últimos detalles del viaje. Respondió que estaba bien, pero me hizo prometer que no tomaría más. Entonces, como insistía en que hiciera de mi departamento un lugar más acogedor, llevando ella por iniciativa propia plantas y pequeños adornos, le hice jurar que no desembalaría las cajas de mudanza mientras yo no estuviera, servían para sentarse y era probable que no permaneciera durante mucho tiempo entre esas paredes.

Así era mi vida, Alejandra, en eso me transformé lejos de ti.

—Te empaqué unos trajes livianos. —Paula apagó la luz—. Allá es verano.

La olvidada imagen de ella cobra vida con cada paso que da hacia la noche. Ha salido del Cinzano y, con las manos en los bolsillos del abrigo, esquiva a la gente que camina por la calle Esmeralda. La interminable corrida de micros no permite descender de la vereda para adelantar al tropel de asalariados y estudiantes. Llega hasta el reloj Turri, toma el ascensor Concepción y una vez arriba, pasa por el Café Turri y luego dobla a la izquierda por la calle Papudo. Se adentra por el Paseo Atkinson, con sus bancos ocupados por parejas y turistas. Desde el mirador ve que algunas luces de las calles abajo están encendidas y el sol se ha marchado de la bahía.

De pronto siente que alguien lo llama. Sentados en la terraza del Hotel Brighton, el Estudiante y el Jote hacen gestos con las manos para atrapar su mirada. El Poeta al final se da por aludido, pero luego los observa, sin decidirse a bajar las escaleras y llegar hasta la mesa, o darles la espalda y seguir contemplando la última luz del día que se desvanece. El Estudiante insiste, ahora haciendo la mímica de empinarse un vaso y el Poeta termina por ir a su encuentro.

—Murillo, ¿qué te habías hecho? —Se pone de pie y estrecha su mano.

—Vengo saliendo de la oficina. —El Poeta separa una silla de la mesa para sentarse.

—¡Sí, claro! El día que tú trabajes será el mismo que yo salga de la universidad. —El Estudiante le da palmadas en la espalda—. Llegaste justo ahora que nos íbamos a tomar algo.

—Pero este lugar es muy caro.

—¡Qué más da! Me llegó una platita de mi tía de Santiago. Deja contarte de dónde vengo.

Santiago, piensa el Poeta ahora que el Estudiante la ha nombrado, la ciudad que es como una muchacha etérea que no sabe seducir, no sabe mantener ningún amor, todos los regalos que le hacen los desecha y destruye, una muchacha cuya casa hecha de naipes se deshace con el viento. Así ve aquella ciudad efímera que derriban a cada rato para levantar nuevos edificios a la moda.

El Poeta saluda al Jote sin mirarlo a la cara. Sabe que si está aquí significa que quiere conseguir algo, solo es cosa de esperar a que aparezca lo que busca.

Los amigos se miran los unos a los otros en silencio durante un instante, como diciendo, bueno, aquí estamos una vez más. Aunque el Poeta tiene la oportunidad de hablar, ¿cómo decirle al Estudiante que ella anda por ahí? Jamás le ha contado sobre su pasado, una vida anterior donde no pudo ser lo que ansiaba. Si lo cuenta, entonces tendría que explicar que antes fue alguien distinto, casi como si se tratara de otra persona. Solo a Luna le ha dicho algo, pero lo adornó con una historia de amor para hacer llorar a cualquiera. No, no se lo confidenciará al Estudiante, que forma parte de la tribu de amigos que el Poeta llama *los errantes de la noche*, llegados o expulsados de otros lugares, al igual que él, eternos buscadores que encontraron refugio en Valparaíso y para quienes cualquier día es bueno para volver a empezar de las cenizas del ayer; los errantes que también cargan con una cantidad de historias de fracaso que es mejor callar y dejar en el olvido. Sí, es preferible seguir formando parte de estos seres sin pasado que viven en un eterno presente, que solo comparten aventuras actuales.

El Estudiante sonríe y cuenta que junto con la platita, su tía le envió un montón de libros de muchos autores que no conoce, tienen que juntarse en otro momento a hojearlos.

—Habías ofrecido unos tragos —dice el Poeta.

—Estoy llamando al mozo.

—Ese tipo prefiere a los turistas, dejan mejores propinas. —El Jote levanta un poco la voz, como queriendo que lo escuche.

—Te tengo que contar de una lectura de poesía de la que vengo. —El Estudiante deja una mano levantada para llamar al mozo—. ¿Quieres blanco o tinto?

—¿Para qué despreciar la hospitalidad? Tomemos una y después seguimos con la otra —responde el Jote.

—Decías algo de una lectura de poesía. —El Poeta lo mira con atención.

—¡Ah, sí! Resulta que los de la Facultad no me avisaron que en realidad era una peña en apoyo al paro de los estudiantes. Sabes cómo hablan esos tipos, de compañero para acá, compañero para allá, que este año nos dieron menos plata para el crédito fiscal que nunca y aquí nadie entra a clases hasta que todos entren gratis, compañero.

—¿Y qué hay de novedoso en eso? En la facultad donde estudió Luna también están en paro.

El Poeta vive con su amiga Luna. Lo llevó a su casa del cerro Bellavista al saber que gastaba el dinero que no tenía en una pensión. La casa es antigua, con un techo muy alto y varias piezas sin uso. Allí tiene un dormitorio con un gran ventanal que mira a la bahía. Tuvieron un romance, pero después se dieron cuenta de que no funcionaba y siguieron siendo amigos. Al Poeta le gusta tener amigas con quienes ha hecho de todo y no tiene que andar en plan de conquista, ni poniéndose celoso porque a veces estén con otros tipos.

—Sí, está bien el paro de estudiantes, pero ese no es el punto. Cuando llegué al restaurante en la playa Las Torpederas donde habían organizado el acto, alguien tocaba una canción de protesta acompañado por una guitarra y un bombo.

—Nada nuevo bajo el sol, así son los actos.

—Es que a mí no me gusta que no me avisen de qué se trata, después llego allá y resulta que mi poesía no tiene nada que ver con aquello. Bueno, de todos modos busqué algo para leer. Tenía ganas de hacer callar a esa turba de endemoniados que aprovechan la buena intención de unos cuantos dirigentes para ir a drogarse y quemar neumáticos.

—Te haces mala fama solo por el gusto de hacerlo.

El Poeta piensa que el Estudiante es como un niño grande, dispuesto a cometer cualquier travesura inofensiva para divertirse; además, le gusta escribir sobre temas contingentes en forma irónica. El Poeta no considera que eso sea poesía, pero es entretenido y, sobre todo, es su amigo y lo deja hacer sin criticarlo. "Qué más da —piensa—, ya lo ha dicho Nicanor Parra: 'todo es poesía menos la poesía' ". Cada uno tiene su estilo, algunas veces han hecho recitales poéticos juntos y lo han pasado bien. Ahora la verdad es que no tiene ganas de escucharlo, sino de cobijarse en la creciente penumbra, apoyando su espalda en el respaldo de la silla y bebiendo de su vaso.

—¿Qué te pasa, Murillo? Estás tan callado.

—Sí. ¿Dónde está esa erudita manía tuya de interrumpir a cada rato para intercalar textos o poner notas al pie de la página? —agrega el Jote.

—Bueno —continúa el Estudiante, sin esperar respuesta—, la cosa es que entré al local y me encaminé hacia el claro entre las mesas que hacía de escenario. Esperé un rato a que terminaran de cantar y hablé con uno de los dirigentes, explicándole que yo era un POETA invitado al encuentro de POESÍA. Así me dijo el tipo que habló conmigo en el Proa, aunque a esas alturas tenía claro que no era como lo habían pintado. El tipo ni se inmutó y dijo que después del próximo discurso vendría mi turno. Me llevaron a un costado del escenario, pasándome un vaso de vino navegado. Escuché el aburrido discurso, vinieron los aplausos de rigor, me tomé al seco el vaso y esperé a que me anunciaran. Como nadie lo hizo, avancé hasta el micrófono.

—¿Qué me vas a contar ahora, Estudiante? Deja tomarme otro trago mejor —dice el Poeta.

—"No sé de protestas ni de grandes discursos —dije— solo sé que el poeta debe cantarle al amor y a la vida y estar con los que sufren". Como a todos, me aplaudieron, algunos gritaron consignas políticas, siguieron con viva el compañero Neruda, los poetas son la voz del pueblo, la poesía es de quien la usa no de quien la escribe... Esperé a que terminaran esa seguidilla de lugares comunes para largarme a recitar.

—Me imagino que no leíste lo que esperaban, sino cualquier otra cosa, como un maldito dadaísta. Hablemos de otra cosa —dice el Jote.

—Pero espera, si estoy por terminar… Entonces, claro, me puse a recitar unos versos que se me ocurrieron en el momento, tú sabes, cargados a la rima y a la palabra crepúsculo. La gente no entendía, se quedaron congelados como esperando a que continuara, solo aplaudieron cuando el tal compañero dirigente se puso a hacerlo. "Bien por el compañero —dijo—, pero ahora nos va a recitar algo en apoyo al paro de los estudiantes. Vamos, compañero, danos tu palabra de apoyo al pueblo". Entonces hice como que daba vuelta unas hojas y seguí con la rima y la onda romántica. ¡Ja, ja, ja! Fue muy cómico, debiste haber estado ahí.

—Sí, igual cómico. Oye, ¿qué pasa con las amigas que prometiste? —El Jote trata de llevar el tema hacia lo que le interesa.

—Tranquilo, ya van a aparecer. "Saquen a ese huevón fome", decía alguien desde el público. "A este huevón lo mandó el rector para boicotear el paro", decía otro. Empezaron a tirarme vasos de plástico y yo, muy serio, seguía recitando. En medio del bombardeo, hice una reverencia de agradecimiento lo más señor Corales posible, cuando en un abrir y cerrar de ojos patearon la puerta y entraron los pacos al restaurante, y quedó la embarrada: empujaron sillas, lanzaron bombas lacrimógenas, levantaron sus lumas para dejarlas caer sobre la gente, tironeándolas de la ropa para llevarlas a la micro apostada afuera.

—Entiendo, el espectáculo se dio vuelta del escenario hacia el público. —El tono del Jote es lánguido.

—No, no es eso. Los dirigentes, con el lema de que soldado que arranca sirve para otra guerra, abrieron las ventanas, saltaron hacia fuera y todos los siguieron, mojándose los pies en la playa. Sin saber qué hacer también salí, mientras la micro de pacos se ponía en marcha acechando al tropel de estudiantes que corría por la arena. De pronto me detuve creyendo que lo mejor era quedarse ahí mismo, las botas de los pacos cercarían a la masa de gente que iba hacia el roquerío donde terminaba la playa y desde allí no había escapatoria, tarde o temprano tendrían que volver atrás o salir al camino para seguir huyendo y los tomarían presos.

—Elemental, querido Watson —dice el Jote.

—Entonces me devolví, encaramándome por una de las ventanas del restaurante que había quedado desierto, y comí y bebí lo que quedaba mientras el alboroto se diluía. Cuando los pacos se fueron, tomé una micro y me vine con tranquilidad.

—Qué bonita historia, para contarla a los nietos algún día —responde el Jote.

—No, esa historia no se cuenta dos veces. Voy a ir a buscar a alguna de las chicas antes de que ustedes se aburran. —El Estudiante sale del local y se encamina hacia el Pasaje Atkinson.

A mi regreso del viaje me demoré en llamarte, Alejandra. Tuve numerosas visitas a las salas de venta, una rueda imparable de reuniones y el resto del tiempo Paula estaba todo el rato encima de mí. Fue una noche en que volví tarde de la oficina, había pasado a comprar comida china y Paula me decía que no quería comer cosas que no sabía cómo se preparaban, cuando sonó mi celular.

—Es para ti, una mujer —dijo ella, después de tomarlo antes de que yo pudiera alcanzarlo.

Lo dejó sobre la isla de la cocina y luego se cruzó de brazos, mirándome fijo.

—¿Aló?

—Hola, ¿cómo estás? —preguntaste.

—Bien.

—¿Cómo te fue en el viaje?

—Bien.

No fue por la presencia de Paula que apenas hablé, sino porque de pronto volvías a ser una persona extraña perdida en el pasado. Dijiste que te alegraba que me hubiera ido bien.

—Quiero que nos veamos.

—Bueno, así conversamos más largo.

—Te paso a buscar mañana. Dame la dirección. —Para mi sorpresa, dominabas la conversación.

Te dije dónde vivía, nos despedimos y luego colgué.

—¿Quién era?

—Una compañera de trabajo.

—¿Qué quería?

—Unos documentos.

—Y si trabaja contigo, ¿por qué le diste la dirección?

—Bueno… porque no trabaja en el mismo lugar.

—¿Y por qué no puede pasar a buscarlos a tu oficina?

—¡PORQUE NO! —grité para no tener que dar más explicaciones.

Luego di media vuelta, fui al *living* y saqué del improvisado bar, dentro de una caja de mudanza, la botella de *whisky*. Los envases de aluminio de la comida china quedaron esparcidos sobre la isla de la cocina sin que nadie los tocara. Llené un vaso y después me senté sobre una caja mirando hacia el ventanal, alternando la vista entre mi figura reflejada en él y las luces de los techos bajos de Ñuñoa. Habría preferido tener al frente las torres de la avenida El Bosque, pero nunca encontré un lugar en ese barrio y mientras esperaba arrendé el primero que le gustó a Paula. A veces pensaba que mi estadía en ese departamento era como la relación con ella: algo circunstancial que, a pesar mío, se prolongaba noche tras noche.

—¿No vas a venir a la cama?

—No tengo sueño, Paula.

—Pero tienes que ir a trabajar mañana.

—Mira, para esos comentarios mejor me voy a vivir con mis papás.

—¿No vivían fuera de Chile?

—Ese no es el punto.

—Bueno, como quieras. Veré una película y después me voy a dormir. Ah… y no vendré mañana, para que puedas estar tranquilo con tu amiguita de la oficina.

Paula, toda blanca de piel, cruzando rápido el *living* rumbo al dormitorio con su camisón transparentándose, insinuando un cuerpo esbelto de caderas estrechas que apenas latía debajo, tan parecido a su largo pelo liso. Paula siempre tan Paula, tan precisamente como no me gustaban las mujeres.

No quise arrancarme al bar, pero un solo trago era insuficiente y me serví otro. Me dieron ganas de volver a escribirte, una necesidad que no sentía desde que estaba contigo. Busqué papel y lápiz en mi maletín.

Como si el tiempo no hubiera transcurrido y aquello recién empezara a suceder, su imagen olvidada cobró vida y olvidó los días que olvidaron el sendero de regreso.

Tomé otro sorbo del vaso. Era curioso cómo se entrelazaban las palabras sin esfuerzo, sin proponérmelo, urdiendo una trama tan parecida a nuestra historia.

No sabía cuántas noches habían pasado desde que ella lo despidió en la puerta de su casa, la noche en que todo terminó, cuando sus labios se tocaron por última vez y él se marchó, recogiendo las migas por el camino que ya no podría llevarlo de vuelta, a través de calles frías y solitarias que no desembocaban en ninguna parte, hasta que ella destrenzara el tiempo perdido y quisiera que regresara...

Aquella noche en que empecé a escribir otra vez para ti, no sé en qué momento caí dormido. Sentí los pasos de Paula entrando al *living*. Encendió la luz y dijo algo de un vaso dado vuelta y que yo estaba desparramado sobre las cajas. Después me habló al oído, sosteniéndome para que me levantara y fuera a acostarme. Algo como un recuerdo quedaba atrás, algo que debía recoger y guardarme en el bolsillo, pero sentía el cuerpo pesado y los brazos colgándome débiles a los lados no eran capaces de atrapar nada.

Con ayuda de Paula me tiré en la cama y no supe más.

Que empiece la noche, ahora que Valparaíso tiende con lentitud su manto de luces, los barcos flotan entre una y otra oscuridad, esparcen sus luces en fragmentos sobre el agua y forman un sendero a orillas del cielo. Que caigan las antiguas imágenes y se desdibujen las viejas calles, nada más existe que este tiempo suspendido en la penumbra.

Un pájaro ciego y sordo canta en medio de la noche, un pájaro fantasma que jamás encontraremos, sus alas se baten en retirada de los focos que intentan alcanzarlo. El pájaro con su canto atraviesa todos los espacios, sigamos el canto huyendo de las luces, el pájaro se comerá las migas y no encontraremos nuestro camino de regreso, solo el canto de lo que alguna vez fue el camino.

La noche viene y va, vuela hacia todas partes, quiere perderse de vista en el intenso negro, mientras abajo los cerros se encienden de forma monótona; revolotea en pleno vuelo, da vueltas en espiral.

Luego de un rato de oscuridad que parece eterno, las formas secretas comienzan a emerger de las sombras, los seres nocturnos que escondió el día despiertan y sus cuerpos estirándose arrojan suaves quejidos. Han esperado en sus guaridas para asomarse a la calle, sus ojos avanzan como tragaluces bebiendo de los oscuros deseos, en la soledad del canto nombran de nuevo todas las cosas, y las formas falsas con que nos ha engañado la luz se desvanecen.

El odio de las miradas del día, los ojos heridos por la luz, de nada hay que huir, la noche en sí misma es una huida, es perderse dentro de algo que no se encuentra, es un pájaro ensimismado esparciendo una música indescifrable, una música que antes hemos escuchado y no sabemos dónde. El imán de la oscuridad trae el canto, pero no al pájaro.

El pájaro surca el cielo, recorre todos los horizontes, canta a pesar de que la noche se vendrá abajo.

La luz derribará la fugacidad de su aleteo y su canto volverá a los espacios olvidados. La noche tiene su tiempo contado; por más que bata sus alas, por más que haya entregado sus ojos, se estrellará contra un vidrio sin poder entrar, pero quedarán las escenas nocturnas, una canción que ilumina por un instante un rincón fugaz de la memoria.

Pasaste a recogerme más tarde de lo acordado. Estaba nervioso y tomé unos cortos de vodka mientras esperaba, así el olor a alcohol no se notaría como con el *whisky*. No me importaba si Paula me sorprendía contigo y todo se acababa, pero no se había dejado caer esa noche todavía. Mientras me empinaba otro vaso, sonó el citófono. Eras tú. Dijiste que preferías esperarme en el *hall*. Bajé y al verte quise abrazarte, pero te apartaste luego del beso en la mejilla. Tu cabello lucía rojo en vez del castaño natural, aunque el resto de ti parecía igual. Como regalo del viaje te pasé un álbum de postales con cuadros de Van Gogh, recordaba que antes te gustaba mucho; lo compré a la rápida en el negocio de un museo que visité entre una y otra reunión.

Decidimos tomar tu auto porque había quedado mal estacionado y empezamos a recorrer la ciudad. Por Antonio Varas salimos a Providencia y nos dirigimos a los locales de la avenida Suecia; al llegar había tanto ruido y gente en la calle que no nos detuvimos. Bajamos por la Costanera dando vueltas por el parque Forestal y llegamos a Lastarria. Hablamos poco en el trayecto, solo dijimos algunas cosas para no sentirnos tan extraños. Entramos al Berry's, un bar estilo europeo que conocíamos, pero sus mesas estaban ocupadas. Te propuse que volviéramos a Providencia, siempre se podía encontrar algo abierto y menos lleno.

—No sé si conoces el Liguria —ladeaste la cabeza un poco hacia mí—, es el lugar más entretenido que existe.

—Sí, he estado ahí alguna vez.

Llegamos y dimos varias vueltas al interior del bar. Como no encontramos una mesa desocupada, volvimos a salir para esperar en la terraza que daba a la calle. Aunque pasaba la mayor parte de las noches allí, nadie me saludó y los mozos tampoco parecieron reconocerme. Me sentí algo aliviado porque fuéramos tú y yo por esa noche.

Pronto quedó una mesa con los vasos vacíos. Alcanzamos a sentarnos antes que otra pareja y un mozo se apresuró a tomarnos el pedido.

Hablé de los amigos de antes, esos que ya no veía, y te conté que mis padres volvieron a irse del país; después de tantos años de exilio, no se sentían parte de esta patria del olvido. No respondiste mayor cosa, te dedicabas a escuchar y sonreír, asintiendo con la cabeza.

De forma paulatina, entré en confianza con el alcohol y te conté cómo había tratado de llamarte, marcando primero tu antiguo número de seis dígitos. Me burlé, diciendo que cada persona es como una cifra y que si se altera, cambia algo de su identidad y no puede ser reconocida ni encontrada. Sé que no entendiste aunque sonrieras, solo agregaste que en realidad no éramos tan viejos como para que todo hubiera cambiado.

—Eres muy divertido. —Hiciste un gesto de brindis con tu pisco sour.

—Lo peor de todo es que es verdad. —Acerqué mi vaso casi vacío al tuyo.

—Nosotros no nos llevábamos tan mal.

—No, no tan mal, pero siempre te quejabas de que era muy celoso.

—Sí, es verdad. Pero ¿qué importa eso ahora?

—¿Y tú? No has dicho casi nada de ti.

Miraste hacia las otras mesas y empezaste a hablar sin posar los ojos sobre mí.

—Nunca te conté que mi abuelo desapareció durante la dictadura. No sé por qué me lo guardé, ni siquiera lo conversamos en casa con mi familia. Es algo de lo que no se puede hablar. Aunque apenas lo conocí, cada vez se ha hecho más importante.

Pareció que de pronto empezaba a descubrir a una persona desconocida. Estar contigo fue acompañarnos por las tardes después del colegio, pasarlo bien en las fiestas en casa de los amigos, ir a las protestas a mirar lo que ocurría y, cuando la cosa se ponía fea, arrancar del guanaco y las bombas lacrimógenas. Añadiste que, al terminar de estudiar Arquitectura, te pusiste a trabajar en proyectos para convertir en monumentos nacionales los centros de tortura de la dictadura. Tu abuelo murió en uno de ellos.

—Pero eso es consecuente con tu historia —dije.

—Lo sé. Me he sacado la cresta todos estos años tratando de hacer un aporte al bien común. No sabes cuántas puertas he golpeado sin respuesta.

Nos quedamos en silencio, aproveché de pedir otro *whisky* y mirar alrededor. De otra mesa me saludaron, invitándome a unirme a ellos, pero me encogí de hombros señalándote. Dijiste que no importaba si me sentaba con ellos, aunque temí que después se vinieran a nuestra mesa, me ofrecieran unas líneas y supieras en qué estaba metido.

Como si tuvieras que largarlo todo de una vez, me contaste que tenías una hija. Las cosas no habían funcionado con su padre y preferiste dejarlo antes que seguir por seguir. Me desconcertó saber lo que había sido de tu vida durante el tiempo que no nos vimos, mientras yo seguía pensando en ti.

Al correr de la noche, me di cuenta de que me gustaba más la Alejandra de antes, no me conformaba con que hubieras cambiado tanto. Hasta te empecé a encontrar el rostro un poco envejecido. Los recuerdos aparecieron y, con ello, las viejas rabias que te guardaba, tantas cosas de las que jamás me acordé, hasta ese momento que te tuve sentada frente a mí. No podía sacarme de la cabeza esa última noche en tu casa, cuando empezaron los días solitarios que me llevaron a hacer de todo para tratar de olvidarte, resignándome de mala manera a una vida sin amor.

—No me hables de los hombres que has tenido. —Arrastré la silla hacia atrás.

—No estoy hablando de los hombres que he tenido, te cuento de mi vida. —Levantaste los codos de la mesa—. Mira, para que veas, no te preguntaré quién me contestó el teléfono anoche, aunque muera de ganas por saberlo.

—Bueno, entonces tampoco voy a contarte.

Intentaste darle un giro a la conversación, se parecía cada vez más a la manera como nos hablábamos antes.

—A veces me gusta escuchar lo que hablan en las otras mesas. —Sonreíste y echaste la espalda hacia atrás—. Unos tipos dijeron que iban a ir a emparejarse la nariz al baño. Debe ser algo así como droga, ¿no? —susurraste.

—Las personas escuchan las conversaciones de otras mesas porque no tienen nada más que decir. —Encendí un cigarrillo con el anterior—. Y no tengo idea de qué será emparejarse la nariz.

—No seas tan grave. Estás molesto conmigo, ¿verdad?

—No, no estoy molesto contigo, sino con el mozo que nunca pasa.

—¿Vas a pedir otro trago? Llevas como una botella encima y yo apenas voy por el primero.

—Bueno, ¿no salimos para pasarlo bien?

—Lo mismo me pregunto yo.

Volvimos a quedarnos en silencio. No quería caer en tu juego y pretender que nada había pasado. Si te proponías algo conmigo, primero tendrías que pedirme disculpas, a partir de ahí veríamos cómo salían las cosas. El ruido de las otras mesas crecía de forma irremediable entre nosotros.

—Bueno, cuéntame cómo te fue en el viaje.

—Bien, como te dije. Me lo pasé entre reuniones en el Trade Center de Nueva York, comidas de negocios y apenas una visita relámpago al Museum of Art, donde te compré ese álbum de postales.

—¡Oye, sí, gracias! ¡Está superbonito! ¿Sabes? —Me sacaste un cigarrillo y lo encendiste con la vela de la mesa—. La verdad es que yo también quería volver a verte. Estaba tan nerviosa anoche que me teñí el pelo, parece que la embarré.

A esas alturas, enrabiado como estaba, miraba a las mesas alrededor y apenas ponía mis ojos sobre ti.

—Es una lástima que lo que pasó entre nosotros no se pueda olvidar así nomás. —Esbocé una sonrisa sarcástica y acerqué mis cigarrillos, habían quedado de tu lado en la mesa—. Como si al teñirte el pelo lo anterior se borrara.

Esperé escuchar algo que confirmara una vez más la ruptura, pero solo me miraste, Alejandra. Luego fuiste al baño y de regreso dijiste que se había hecho tarde y tenías que levantarte temprano al día siguiente. Nos pusimos de pie y abandonamos la terraza. Subimos a tu auto y no hablamos en todo el trayecto hacia mi departamento, donde me dejaste. Te di un beso en la mejilla muy a la rápida, quedamos en hablar otra vez, pero después de esa noche no volvimos a llamarnos.

Al Poeta lo invade una agradable sensación de embriaguez, una marejada ardiente que se intensifica con cada vaso que llena. A ratos está ausente, ve al Estudiante y al Jote mover los labios sin emitir sonido. Piensa en cómo un tiempo pasado puede adquirir un aire actual con tanta facilidad; sin embargo, también considera que las palabras que nombran el ahora, a la larga, resultan forzosamente precarias o limitantes, pues van detrás de una imagen de lo real que siempre es escurridiza.

—Murillo, te pregunté si recordabas el acto poético que hicieron en la plaza Yungay —dice el Estudiante.

—¿Qué? —El Poeta sale de su mutismo—. Ahh, me acuerdo de Parra, Cárdenas y Zurita. ¿Por qué?

—No sé, tengo sentimientos encontrados, como si hubieran querido mostrar que Valparaíso es una ciudad llena de arte.

—Un lugar es lo que hacemos de él.

—El Estudiante tiene razón. —El Jote mira a uno y a otro—. Si hubieran podido, te apuesto a que traen camionadas enteras de poetas para dejar en claro que esta sí que es una ciudad poética.

—A mí no me importa si unos tipos quieren poner plata para hacer actos así; de todos modos, sacamos algún provecho de eso —dice el Poeta—. Antes jamás hubo un espectáculo como ese, lo pasamos bien y toda la gente andaba como alucinada por las calles. En las librerías, esa semana y las siguientes se vendieron más libros de poesía que nunca. A mí, por lo menos, me fue muy bien en los bares con mis libros.

—Sí, puede ser cierto, pero hay algo sospechoso en todo eso. —El Estudiante luce contrariado, pero no sabe cómo continuar.

Sin aviso previo, unas chicas se acercan a la mesa, ríen fuerte y bromean con el Estudiante, mientras lo abrazan y preguntan dónde tenía guardados a sus amigos, ya que no los conocían. Las chicas dicen que se han conseguido unas entradas para La Piedra Feliz, irán a tomar algo a su casa y piden que después se deje caer con sus amigos, para que vayan juntos; la chica que habla asiente de forma insistente con la cabeza. El Jote sonríe y, a su vez, asiente, mientras el Poeta no mueve ni una pestaña.

Tal como llegaron, las chicas se van con su ruido de carro alegórico de carnaval, aunque una de ellas regresa para decirle al Estudiante que hoy le toca lavar los platos, ya casi tocan el techo, y no puede ir a ninguna parte sin cumplir con su turno. El Estudiante vive con sus amigas en una de las casas del Paseo Atkinson, es cosa de salir del Hotel Brighton y caminar unos cuantos pasos para llegar.

—A todo esto, ¿qué vas a hacer esta noche? —le pregunta al Poeta.

—Tengo que juntarme con Mila.

—¿La vampira calva? ¿Por qué querías que te presentara a alguien si estabas ocupado?

—No es calva, está rapada. Y no soy yo quien anda en plan de conquista, sino el Jote. Pero está bien, es probable que ya no siga con ella.

—Te decía por La Piedra Feliz.

—¿Ese lugar que parece un karaoke de Viña?

—No es tan malo, hay *bossa nova* en vivo y unas chicas de miedo.

—Y los tragos más caros del puerto.

—¿Por qué primero no vamos a comer algo por ahí?

—¿Mientras las chicas se arreglan? —pregunta el Jote.

—Mientras las infantas se aplican sus afeites y se encorsetan. —El Estudiante sonríe.

—Sí, pero esta vez invito yo —el Poeta deja su vaso vacío sobre la mesa—, para que no tengas la excusa de que se te acabó la plata y no vayas a clases.

—¿Saben? Mejor voy con las chicas, así resguardo nuestros intereses. —El Jote mira a su alrededor intentando ubicarlas.

—Como quieras. —El Estudiante no le dedica ni una mirada, preocupado en contar sus escasos billetes para pagar la cuenta.

El Poeta sabe que el Jote se irá cuando consiga lo que quiere (o cuando crea que no lo conseguirá) y no lo verán en muchas noches. Dice que escribe poesía, aunque jamás han leído nada suyo. A pesar de eso, critica de forma constante los textos de otros y nombra a escritores que nadie conoce, sospechan que los inventa para darse aire de mayor importancia. De todos modos, es un errante de la noche, uno de los tantos seres oscuros que se cruzan en el camino del Poeta y adquieren sentido propio a medida que transcurre la noche, emergiendo de las tinieblas donde permanecía oculto e indefinido.

Pasó el tiempo. Al partir te llevaste la parte más hermosa y el bar fue lo que quedó. Después del trabajo me dejaba caer en el Liguria sin pasar por el departamento. Pedía un *whisky* tras otro, mientras en la mesa mis amigos de esa noche reían. Una vez ebrio, empezaba a recordar, como si aún debieras regresar del baño. Me sentía ajeno a todo y el alcohol me aferraba a esa sensación. A ratos el ruido de las voces que hablaban sin parar hacía que te esfumaras de mi memoria. Un mozo pasaba de vez en cuando preguntando si quería algo más. Las personas alrededor se movían con animosidad, parecían tan amigos, compartían cigarrillos y botellas, conversaban de algo que no lograba descifrar. Las paredes sobrecargadas de afiches me mareaban, al final bajaba la vista. Muchas noches hice lo mismo, esa sensación confundía una velada con otras.

Me preguntaba, con sarcasmo y perplejidad, durante cuánto tiempo más podría mantener ese ritmo de vida. Había vuelto al viejo ritual del polvo blanco, me despertaba un poco de una pesadilla de la cual no lograba salir del todo. Empecé a usarlo también en el trabajo, rendía más cuando iba al baño de la oficina y me mandaba unas líneas vigorizantes por la nariz. Mi mente se despejaba, sentía que las ideas fluían de nuevo para quedarme todo el día analizando datos en el computador y, después de otro par de líneas, pasaba al bar a tomarme unos tragos con los amigos hasta altas horas de la noche. La usaba para intentar divertirme, rendir más y también para despertar a la mañana siguiente. Eso era mejor que llegar a la oficina con la resaca y entrecerrar las persianas, tomar interminables tazas de café, ponerme paranoico y arrancar a las salas de venta o evitar los pasillos donde preguntaban tanto.

Además, la rutina en el trabajo era lo que primaba: a veces las cifras crecían, otras bajaban, despachaba productos vendidos y entraban otros para vender. Era tan predecible que planificaba con varias semanas de anticipación sin que nada inesperado ocurriera, aunque los gerentes anduvieran preocupados a ratos, preguntando por índices que a la larga variaban siempre a favor.

Su profunda desolación por la búsqueda infructuosa de una vida mejor que el futuro le traería —una tierra prometida a la cual nunca llegaba—, lo mantenía aferrado al mundo.

Leí lo que había escrito en la pantalla del computador de la oficina. Según esa frase, la profunda desolación mantenía al tipo unido al mundo. La marqué con el *mouse* para borrarla, aunque sabía que esa profunda desolación volvió a despertar en mí las ganas de escribir; de esa forma, tal vez algo de eso pasaría a la historia o quedaría solo en la memoria del computador y no en la mía, de modo que no tuviera que vivirlo, aislándolo para retomar una vida que de forma remota creía haber dejado de lado. Quizá nunca existió otra vida y pensar en eso fuera otro falso alivio, como el alcohol, la cocaína, las mujeres o… De todos modos, antes de irme al bar lo guardé en una carpeta llena de textos parecidos, con el título "Documentos por revisar". Tal vez los revisaría eternamente y me había metido en otra maldita obsesión tras abrir esa carpeta.

Como un rehabilitado que de golpe recuperaba largos años de abstinencia, había recordado tu número.

¿Rehabilitado de qué? En realidad, ¿qué había recuperado? ¿Era el número lo recordado, o tal vez otra cosa? No, esto era lo menos rehabilitador, mejor aceptaba que era un caso perdido, apagaba el computador y me iba al Liguria a ahogar las penas y tratar de olvidar, parecía ser lo más sensato que se había inventado.

La noche en que me hallaba en aquella ocasión no era muy distinta de otras. Pensar en ti era un tiempo secreto que nada interrumpía. Las micros y los autos pasaban por la calle y se hacían sentir en la terraza. Algunas chicas se dejaron caer en la mesa, acariciaron mi barba de chivo y el pelo que siempre llevaba con gel, pero no me gustaba que lo desordenaran demasiado. "Viejas desconocidas a quienes hay que soportar —me dije—, todo sea por un par de besos, a veces encerrarse en el baño con una de ellas para algo más". Los moteles no me gustaban, tomaban demasiado tiempo; en el fondo, se podía estar con más de una chica en una noche si me quedaba en el bar. De vuelta en la mesa, ellas pedían tragos y se los compraba.

"No hay tiempo ni días —pensé. Mientras sentía una mano recorrer mi cabeza, creí que era una buena frase para anotar—, solo una larga noche de espera".

Sonó mi celular. Era el número de mi departamento, así que contesté.

—¿Vas a llegar luego?

—No, no me esperes, Paula, estoy en una reunión de negocios y tengo para rato. —Sonreí hacia la mesa.

—¿Quieres que nos juntemos en alguna parte?

—Mejor otro día.

—¿Sabes? Es muy difícil estar contigo… —Empezó a sollozar.

—Bueno, nadie te obliga a quedarte.

—No sé si pueda sostenerlo por más tiempo. —Su voz era mitad llanto.

—No tienes para qué hacerlo.

—A veces puedes ser muy desagradable.

—Estoy de acuerdo contigo.

—Necesito que nos veamos mañana sin falta.

—No puedo, me voy de viaje y vuelvo en una semana.

—Entonces te espero otro rato. Quiero que llegues.

—No voy a llegar.

—¡Ándate a la mierda!

Colgó y dejé el celular sobre la mesa. Sonreí ante la idea de Paula creyéndose mi novia, solo porque en una ocasión permití que se quedara a dormir y nunca más quiso irse.

—Parece —dijo una de las chicas— que te dejaron hablando solo.

—No importa, compadre —otro de los amigos de la noche me dio algunas palmadas—, todas las minas son iguales.

No contesté, pensando en que no había encontrado eso único en ti que faltaba a las otras mujeres. Las chicas del bar me buscaban noche tras noche, pero por nada del mundo estaba con alguna de ellas más de una vez, no fuera a pasarme lo mismo que con Paula, a quien aún no podía sacarme de encima.

El celular sonó otra vez. Dudé en responder, pero al final lo hice.

—"Como si el tiempo no hubiera transcurrido y aquello recién empezara a suceder, su imagen olvidada cobró vida…"

—¿De dónde sacaste eso?

—"… y olvidó los días que olvidaron el sendero de regreso".

—¡ERES UNA MALDITA PERRA VENGATIVA!

Colgué. Mis amigos me miraron espantados. Aunque estaba alterado, sonreí e intenté recuperar la alegría de la noche. De todos modos, Nueva York, les dije, con su ritmo incesante de reuniones y las más deliciosas putas, que incluso podía subir a la pieza del hotel, me aguardaba.

Los gerentes, cansados de tanto avión, enviaban a los ejecutivos más jóvenes e insistían en darme un boleto sin regreso, pero me las ingeniaba para ser indispensable en las salas de venta de Chile.

En realidad, Nueva York no me gustaba, allí todo era rápido y raro en exceso. Te forzaban a entrar en una carrera furiosa contra todos, si te distraías terminabas convertido en un harapiento viviendo bajo un puente. Las mujeres preferían a los maniquíes peludos con cadenas de oro y camisetas sin mangas rebosantes de músculos, que a los prometedores jóvenes de terno con cara de buenos alumnos. Por las calles se desplazaban con sus escotes de silicona, entraban a las grandes tiendas con risas impostadas que brotaban de labios falsamente carnosos, o subían a sus convertibles simulando perderse en los atochamientos de automóviles. Pero eso no podía contárselo a mis amigos, sino lo grandioso que era ese mundo vertiginoso.

—Mañana me voy a Nueva York, así que invítenme un trago.

Ninguno parecía tener dinero, aconsejaron que fuera a dormir para estar bien al día siguiente.

—¡NADIE ME VIENE A DAR ÓRDENES, CAGADOS DE MIERDA!

Después les dije que mientras me iba a la primera ciudad del mundo, donde se tomaban las más importantes decisiones de negocios, para que los muertos de hambre como ellos las siguieran, el montón de bolseros no llegaría ni a la esquina. En silencio, algunos se pusieron de pie y emigraron a otras mesas. Una chica con quien había estado otra noche me devolvió el trago. El mozo pasó cobrando antes de que pidiera la cuenta. No importó demasiado, era una buena manera de enterarme de quiénes eran en realidad mis amigos, y pagué por última vez el consumo de todos.

Dejé unos cuantos billetes de propina y fui a sentarme a la barra. Éramos solo yo y mis recuerdos de ti, el bar como telón de fondo. Había pasado mucho tiempo desde la última llamada, sentía de nuevo la angustia previa al viaje y el temor de no confesarte lo que sentía. Necesitaba hacer algo mientras me llenaba de valor y, como un rehabilitado, recordara de nuevo tu número. Lo terrible era que después me daría por escribirlo todo, incapaz de detenerme. De igual manera, saqué papel y lápiz de la chaqueta y me puse a escribir sobre ti, sobre nosotros, dándole la espalda a quien estaba sentado a mi lado.

Ella lo tomó entre sus brazos para reunir sus cuerpos. Quiso creer que sus manos apartaban el tiempo y lo llevaban hacia el lugar donde estaba esa noche, solo esa noche por sobre las otras. Ella, después de tantos cuerpos, recibiéndolo como si regresara de un largo viaje que lo traía de vuelta de ninguna parte. Sin importar las tinieblas que los rodeaban, se pusieron a caminar por la calle nocturna hacia una hermosa vida que traería el futuro.

Eso así no servía para nada, solo me dieron ganas de seguir tomando. ¿Por qué, si escribía sobre sentimientos, debía parecer un caballero andante hablando de su casta y pura Dulcinea? Asqueado, solté lápiz y papel.

Después de unos cuantos *whiskies*, me atreví a marcar tu número. Salió al habla una persona que nada sabía de ti y colgué. Intenté de nuevo en mi celular por si me había equivocado, pero contestó la misma voz. Sentí que mi pecho se apretaba y, como había escuchado tantas veces decir, pensé que debía ser mi corazón que se había roto.

La noche siguió fluyendo y nada pudo hacer para recuperarla.

Anoté esto al final de la hoja.

Tal vez más adelante me serviría para el final de un cuento, en ese momento era la puta verdad y nada más.

La noche siguió fluyendo, dejaron de vender tragos y la barra quedó vacía, salí del local antes de que el mozo se acercara a echarme. Con lo borracho que estaba, no encontré las llaves del auto y terminé por irme caminando. Los pájaros se contestaban de un árbol a otro, el sol todavía no asomaba por la Cordillera. No estaba preparado para lo que el tiempo traería, pero sabía que, de no abandonar esa rutina, la vida me abandonaría.

Entré al departamento, llegué a duras penas al dormitorio y me tiré junto a Paula. Se despertó y fue acercándose a la orilla de la cama donde había caído, puso sus brazos a mi alrededor y me atrajo hacia su cuerpo.

—¿Qué pasa?

—Hazme dormir —contesté.

Me llevó hasta su pecho para acariciar mi cabello. Quise creer que sus manos apartaban la neblina de los recuerdos trayéndome hacia el lugar de la vida donde estaba la cama y ella intentando aliviarme, como si regresara de un largo viaje que me traía de vuelta de ninguna parte. Quizá así no tendría que esperar a que volvieras, solo el silencio y la ausencia nos podrían mantener juntos. Me dormí queriendo despertar de una vez por todas a la realidad, a una hermosa vida que traería el futuro.

El casino social J. Cruz M. es un restaurante metido en un callejón al que se llega por la calle Condell. Cuenta la leyenda que, de todos los lugares en el puerto, es el que tiene las mejores chorrillanas, un gran plato compuesto por papas fritas, cebolla, huevo y carne mechada picada en pequeños trozos. Al Poeta a veces le gusta hacer de guía turístico y llevar a sus amigos a comer allí, para que se entretengan mirando las diversas vitrinas sin tener que hablar, sobre todo esta noche que no tiene ganas de pensar en algo ajeno a ella.

Al entrar ven las colecciones de objetos antiguos colgando de las paredes y encerradas en vetustas estanterías, como llegar a un museo con olor a grasa. Las paredes y manteles han sido rayados por los innumerables visitantes, quienes deben compartir las largas mesas contiguas con desconocidos. El Poeta y el Estudiante se sientan en el extremo de una mesa, la otra punta está ocupada por un grupo que, por sus *jockeys* y cortavientos, no pueden ser más que turistas.

—A veces los amigos de las chicas vienen toda una semana a la casa y no puedo ni dormir, menos pensar en estudiar allí —el Estudiante aferra su vaso—, hasta que termino enojándome con ellas y las mando a la cresta. Cuando los chicos encuentran un lugar donde carretear, le dan duro. Antes yo era igual, en todo caso, cuando vivía en una pieza de pensión y no podía invitar a nadie.

El Poeta no habla, prefiere contemplar los objetos de las estanterías. Nunca les ha puesto demasiada atención, ahora quiere abarcarlos todos.

—¿Y qué pasó con Mila?

—Los estudiantes siempre andan buscando modos de evadir sus obligaciones.

—Suenas como un padre. ¿No quieres hablar del tema?

—Es una historia vieja en cuerpos nuevos, supongo.

—Si quieres no te pregunto más.

—Bueno.

—Nunca fueron tan cercanos tampoco.

—No vas a dejar de preguntar, ¿verdad?

—Verdad.

Encogiéndose de hombros y mirando los objetos que cuelgan de las paredes, el Poeta confiesa:

—Con Mila hemos estado juntos hace algún tiempo. —Piensa más bien en otra historia de su vida que se parece en algo a esta—. Ahora me dijo que tiene un hijo mío y no he podido encontrarla en varios días.

—¿Y eso es todo? —El Estudiante está muy serio—. Pensé que era algo grave.

—Es que no ha regresado a su casa, me tiene preocupado.

—Y para completar el dramatismo de la escena, ahí viene el pesado de Bavestrello… Mira, como yo lo veo —el Estudiante intenta poner fin al tema antes de que lleguen quienes se acercan a la mesa—, al desaparecer la mina te la pone fácil. Déjala ir, es mejor así.

—¡Ah, mira con quien nos encontramos! El Poeta Murillo, la *crème de la crème* de la bohemia porteña, acompañado por un miembro de su corte. —Bavestrello abre los brazos con una amplia sonrisa.

El Estudiante lo ha seguido con la vista, también a una chica que anda con él. Se levanta a saludarla, la conoce de otras noches. Entre el Poeta y Bavestrello existen rivalidades que no siempre terminan bien, lo considera un poeta menor, más dado al *performance* que a preocuparse por mejorar la calidad de su escritura.

—El Poeta Murillo, un auténtico mártir de la vida, rasguñando la piedra filosofal para obtener restos de la savia vital —vocifera Bavestrello de pie, llamando la atención de las personas de las otras mesas.

—No tengo nada de mártir. —El Poeta despega los ojos de los objetos—. Un mártir es alguien que moriría por defender sus ideas, yo quiero mucho mi vida para hacer eso.

—¿Por qué no se sientan? —El Estudiante separa un par de sillas de la mesa.

—¿Acaso no morirías por defender tu poesía? —Bavestrello toma asiento.

—No, no entregaría mi vida, no podría seguir escribiendo. —El Poeta mira a la chica que se ha sentado a su lado y sonríe—. Por dar un ejemplo, prefiero por lejos a alguien como Galilei, que a todos esos supuestos valientes que murieron chamuscados en la hoguera.

—¿Galileo Galilei? ¿Te refieres a él? ¿Ese que durante la Inquisición negó todo para que no lo mataran?

El Poeta pone atención a las palabras de la chica, pero sobre todo al abrigo entreabierto que deja ver una polera ajustada y unos senos prominentes y bien formados.

—El mismo. Han hablado muy mal de él al tomarlo como un cobarde, aunque en el fondo solo se desdijo ante el Tribunal de la Inquisición, pero siguió pensando igual.

—¿Y qué era eso tan malo que pensaba?

—Que la Tierra no era el centro del universo o un saco de plumas cae igual que una piedra, pero ¡qué importa todo eso! —dice Bavestrello—. El latero de Murillo nos ha llevado al tema de la Inquisición, no sé por qué.

—Porque dijiste que era un mártir. Verás —el Poeta habla hacia la chica, le ha gustado—, un mártir es alguien que permanece rígido frente a una idea y muere, en buenas cuentas, para probar que la verdad que tanto pregonaba era cierta. Un mártir, en el fondo, es alguien que desprecia la vida. La desprecia porque está dispuesto a morir para probar algo que necesita ser demostrado con la muerte. Y Galilei —la chica cada tanto asiente con la cabeza, el Poeta no le quita los ojos de encima—, al desmentir todo, besar la cruz y esas cosas, se mantuvo con vida y dejó la oportunidad para dar a conocer sus ideas cuando llegaran mejores tiempos.

—¡Entonces Galileo era un farsante... —Bavestrello se reincorpora en la silla, aunque siente que pierde estelaridad.

—¿Ustedes van a pedir algo? —El Estudiante lo mira—. A nosotros están por traernos una chorrillana y otras cervezas.

—... un mentiroso capaz de dar vuelta sus argumentos para salvar su pellejo! ¿Qué opina el Estudiante de todo esto?

—No quiero discutir con Murillo, me gusta escucharlo y ver cómo saca a los otros de sus casillas. —Sonríe.

—¿Ves? Esa es una actitud llena de vida y prudencia bien entendida de parte del Estudiante... —dice el Poeta a Bavestrello—, porque yo lo invité. El mártir habría tratado de imponer su verdad a costa de cualquier cosa, peleándose con todos hasta llegar a los golpes en caso de ser necesario, como si esa fuera la prueba de la verdad. ¿Suena a alguien conocido este cuento? ¿A algún destructor de templos originario de Galilea?

—Galileo y Galilea —dice la chica—, ¡qué cómico! Pero Galileo fue una persona y Galilea es un lugar.

—Gracias por establecer la relación, que no tiene nada de casual. Verás, el arquetipo de mártir es ese destructor de templos, templo que no era otro que él mismo. Puedo encontrarlo muy valioso y creador de toda una línea de pensamiento, pero se llevó la vida entera negando su existencia, dejándose matar precisamente para probar que lo que había dicho era verdad. Su misterio estaba en anunciar previamente lo que le iba a pasar... Y para completar tu relación entre los nombres, no sé cómo te llamas.

—Verónica. —La chica lo mira con una sonrisa y abriendo un poco los ojos.

—Verónica, Galileo es una persona, alguien vivo y dado a equivocarse, y Galilea es un lugar, algo estático que no ha cambiado de nombre por lo menos en dos mil años.

—Oye, Murillo —Bavestrello atrae la atención hacia él—, a propósito de nombres, ¿qué hay de ese rumor que circula por ahí? Dicen que Gabriel Murillo no es tu verdadero nombre.

—Y dime —el Poeta luce algo molesto al sacarlo del tema—, ¿a quién le importa si Pablo Neruda se llamaba Ricardo Eliezer Neftalí Reyes Basoalto?

—Pero tú no eres Pablo Neruda.

—Tampoco soy Reyes Basoalto.

—¡Ah, así que es verdad, ese no es tu verdadero nombre! —Bavestrello parece un periodista gozando ante un golpe noticioso.

—No estoy afirmando ni negando nada. Cualquiera de nosotros puede ponerse el nombre que quiera y crear personajes a partir de nosotros mismos, como Pessoa. En parte para eso estamos, para mostrar la metamorfosis de la vida.

—Me parece, con todo lo que he escuchado —Bavestrello toma un pedazo de pan y lo unta en el ají—, que aprobarías la mentira, el darse vuelta la chaqueta para salvar el pellejo, ser otra persona en lugar de uno mismo. ¿Qué te pasa, Murillo? Pensé que eras más jugado, no una maldita rata cobarde escabulléndose por las rendijas del alcantarillado de las palabras.

—Una rata cobarde es alguien que aprovecha cualquier circunstancia para insultar a otro.

—¡Ah, miren! ¡Ahí vienen nuestras cervezas! —El Estudiante golpea la mesa con la palma de sus manos—. Pronto llegará la chorrillana. Es tu oportunidad para pedir algo, Bavestrello.

—¡Ah, sí! Queremos lo mismo que ellos. —Se dirige al mozo—. Y nos trae dos vasos más para acompañarlos mientras esperamos la comida.

—¿Qué pasa? ¿Por qué se quedaron tan serios? —Verónica mira a su alrededor.

—Lo que pasa es que Bavestrello me quiere mandar a la hoguera. —El Poeta sonríe.

—No necesito hacerlo, tú mismo pusiste la leña y estás prendiendo el fósforo.

—A propósito de fósforos, ¿me convidas un cigarrillo, Bavestrello? —dice el Estudiante.

—Oye, sí, Bavestrello, estás dando la lata. —Verónica pretende estar molesta—. ¿Pediste una chorrillana o no? Voy al baño, o terminaré por cambiarme a la chorrillana de tus amigos, que parece que la llevan más que tú.

—Como van las cosas, parece que el mártir será otro.
—El Poeta también extrae un cigarrillo de la cajetilla.

—Por lo menos te sacó del mutismo en que estabas
—dice el Estudiante.

—Ahora pongámonos serios y hablemos de chicas.
—dice Bavestrello, mientras mira a Verónica alejarse
hacia el baño.

Alejandra, tantas estupideces que hice y tantas otras que pude evitar, sabiendo de antemano que no debía hacerlas mientras las hacía. No hablo solo de ti, sino de la vida, de toda mi vida. Creo que es cierto, estabas mejor lejos de mí. Ahora narro cosas tal como sucedieron. A lo mejor es una forma de expiar mis culpas y aclarar mis dudas; pero nada dicen de ti, nada saben de ti. Estas cosas sucedieron cuando todo estaba perdido entre ambos, o así lo creí en aquel entonces. Quizá con esta justificación me exima en algo del dolor por tantos equívocos y desastres, como aquella vez en el trabajo:

—¡Hombre —dijo uno de los gerentes jóvenes—, estás pasado a trago!

Levanté la cabeza y vi que en la sala de reuniones todos me miraban desde sus asientos. Hice como si no hubiera escuchado y me reacomodé en la silla para seguir leyendo el informe financiero. Sin embargo, el gerente general había despertado de su modorra e hizo un gesto con la mano para que me detuviera. Luego me preguntó si era verdad lo que decía el tal Francisco Javier.

—No sé, señor Dawson. Si quiere después me hace una alcoholemia, así podremos continuar con esta reunión, que me parece de suma importancia.

—¡No seas irrespetuoso con el señor Dawson! —El patero de Francisco Javier se puso de pie, luciendo su traje azul a la medida.

—No estoy siendo irrespetuoso, solo me atengo a la agenda programada para la mañana.

El gerente general estiró su mano y frunció el ceño, solicitando el informe. Luego dijo que no era la primera vez que escuchaba algo parecido sobre mí, me mandó a tomar un café y esperarlo fuera de su oficina. Mirando con fijeza a Francisco Javier, extendí los papeles hacia el otro lado de la mesa y abandoné la sala.

Sentado al lado del escritorio de la secretaria, con un vaso de plástico que me quemaba los dedos, le pregunté si alcanzaba a ir al baño. Respondió, sin mirarme a la cara, que yo sabía mejor que nadie que era mejor no hacerlo, el señor Dawson no era un hombre a quien se hacía esperar. Estaba nervioso y necesitaba algo para calmarme, pero no me convenía ir hasta mi oficina para tirar unas líneas, quizá el gerente saliera de la reunión en ese momento y se enojara aún más conmigo. Era probable que la actuación de Francisco Javier fuera una sucia maniobra para meter a alguno de sus amigos ingenieros comerciales en el puesto que yo ocupaba. Simulando ser un buen tipo que ayudaba a sus compañeros de trabajo, siempre me preguntaba por los detalles de lo que hacía. Bueno, de todos modos sabía que no podían echarme así nomás, manejaba mucha información de primera mano que cuidaba de no compartir con otros. Con lo tacaño que eran los gringos, confiaba en que no invertirían en entrenar a un nuevo miembro de la empresa. Ni siquiera tenían una máquina de café para los empleados, había que comprarlo en el pasillo que compartíamos con las otras empresas del piso.

Los concurrentes empezaron a salir de la sala de reuniones. El gerente general pasó raudo por el escritorio de su secretaria y, sin mirarme, indicó con la mano que lo siguiera.

Se acomodó en la gran butaca de su oficina y primero revisó algunos papeles. Luego, como resituándose en su largo esqueleto, dijo que aparte del aliento a alcohol, algo por completo inadmisible, mi rendimiento en el último tiempo había decaído de forma marcada. En mi informe había cifras que eran irrelevantes, mientras las más importantes se perdían entre tantos números.

—Por eso era necesario que yo lo explicara —dije de manera intempestiva—, y dejáramos el otro asunto para después. Verá, los datos que considera irrelevantes son útiles para las futuras ventas de la empresa. Estoy considerando una nueva población objetivo y, sin esas cifras, me temo que sería imposible elaborar una proyección anual. Si me permite el informe, puedo explicárselo…

Dijo que no quería que lo hiciera.

—Pero si no se las explico, usted no comprenderá por qué las puse ahí…

No quería que pusiera nada más en ninguna parte. Señaló que desde mi último viaje habían hecho algunos cambios en la organización de los equipos de trabajo y no estaba incluido en esa nueva organización.

—A ver —sorprendido, me incliné un poco hacia atrás—, me parece una gran injusticia su comentario, sobre todo porque en el último tiempo he mejorado la relación con mis compañeros y realizo las tareas que me encomiendan, quedándome incluso horas extras que, por supuesto, no me pagan.

Dijo que no había nada más que decir, las cosas eran como las señalaba.

—Parece que la conversación está tomando otro rumbo. ¿Me permite despejar este pedazo de su escritorio? Solo este pequeño pedazo, dejaré sus papeles sobre este otro montón.

Me preguntó, subiendo el tono de voz, qué estaba haciendo. Quería que fuera a hablar de inmediato con el jefe de Recursos Humanos, él me daría nuevas instrucciones.

—Espere un momento, no me demoro nada en esparcir este polvo blanco y ordenarlo. Apuesto a que usted lo conoce, debe haberlo probado alguna vez en su país... Se está tan bien aquí, la única oficina que tiene cafetera, y esa magnífica vista al cerro San Cristóbal es en verdad admirable.

Dijo que dejara de hacer eso y me fuera en el acto, casi gritando y poniéndose de pie.

—Si no me demoro nada en enrollar un dólar, este dólar tan fuerte y firme que tengo gracias a su empresa. Mire lo bien que se envuelve y lo rápido que permite aspirar estas líneas... ¡Ahh, eso estuvo bueno! ¿Quiere la otra?

¡Que me fuera de ahí de inmediato o llamaría a la policía! Hizo ademán de avanzar hacia mí, aunque sin moverse de su sitio.

—No se altere tanto, solo trataba de devolverle la mano siendo cortés.

¡... y que sacara todas mis porquerías de la oficina ahora mismo!

Salí al pasillo mientras el gerente le gritaba a la secretaria que llamara a seguridad. Fui directo a los ascensores. De todos modos, no tenía objetos que valieran la pena en la oficina, solo unos cuantos textos escritos en el computador. Por fin tenía una verdadera razón para festejar en el bar: ¡toda la libertad del mundo se me otorgaba así de pronto! Aún era temprano por la mañana, quedaba todo el día por delante.

En silencio beben sus cervezas y hunden los tenedores en el plato. Verónica aún no regresa del baño, tampoco ha llegado la chorrillana de Bavestrello y el montón de pedazos de carne, cebolla y papas fritas baja rápido. En el otro extremo de la mesa, los turistas se han marchado y pueden separar más los cuerpos unos de otros.

—¿Y con cuál de las amigas del Estudiante te gustaría atinar esta noche? —Bavestrello se dirige al Poeta.

—¡Qué pasó! ¿De pronto se convirtió en una conversación de señoritas haciéndose gancho? —Toma cerveza sin parar, apenas prueba bocado.

—En definitiva, te cuesta mantener el curso del pensamiento. Lo había notado antes, en especial en tus poemas.

—No hay para qué mantener el curso del pensamiento para estar con una chica, a menos que le quieras dar tu lata de siempre.

—Oye, ahí viene el mozo con la chorrillana —dice el Estudiante—. Pidamos otras cervezas.

—Me alcanza para una más. —Bavestrello mira su reloj.

—A mí para la otra. —Al Estudiante le cuesta detenerse una vez que ha empezado a beber.

—¿Por qué no hablamos de ti un rato, Bavestrello? —dice el Poeta.

—¿Qué quieres saber?

—¿Cuál sería la máxima experiencia para ti —el Estudiante interviene en la conversación –, aquella por la cual morirías tranquilo?

Permanece pensativo un rato mientras come. Apenas se echa un pedazo de carne a la boca, bebe de su cerveza.

—Me gustaría que alguna vez un gringo dijera que quiere venir a conocer el país de Bavestrello —parece surcar un horizonte lejano con sus ojos entrecerrados—, conocer las calles por donde caminó el gran poeta Bavestrello.

—¡Eres un maldito *showman*! —El Estudiante suelta una carcajada.

—¿Qué hacías antes en Santiago? —pregunta Bavestrello repentinamente al Poeta, quien no ha reído.

—No me interesa hablar de eso.

—¿Por qué tanto misterio? Podrías decir que trabajabas de cartero y vivías con tus papás, y se acabó el asunto.

—Bueno, trabajaba de cartero y vivía con mis papás.

—Eso no es verdad —replica el Estudiante.

—Con Murillo nunca vamos a sacar nada en limpio. —Bavestrello sonríe—. Es como un eterno borrador, igual que sus poemas.

—Oye, el viejo parece que no nos traerá las cervezas —el Estudiante mira a su alrededor—, se anda corriendo de nuestra mesa. Empieza a urgirse cuando piden mucho trago, ¿no ves que es un casino social de suboficiales de Carabineros? Hay una placa ahí afuera en la entrada, al lado de la puerta.

—Siempre he pensado que esta ciudad está demasiado militarizada, para haberla declarado la capital cultural de Chile —dice Bavestrello—. Pero podría habernos dicho que no nos vendería más.

De pronto, el Poeta se pone de pie, avanza rápido entre las mesas y sale por la puerta. Sus amigos se quedan con el tenedor en el aire, alternando sus miradas entre el mozo a quien intentan llamar y la puerta que se ha cerrado.

—¿Y a este qué le pasó?

—No sé, pero voy a buscarlo. —El Estudiante se levanta de la silla.

—Gracias, caballero. No se preocupe por las cervezas, las dejamos de reserva para otro día. —Bavestrello alza el brazo en son de despedida.

—¿Y tú no viniste con una chica?

—Sí, parece que anda en el mismo planeta que Murillo. —Bavestrello se pone de pie—. Espera, voy a buscarla al baño.

Mandé al mundo entero a la mierda, después de disfrazarme de nuevo con terno y corbata para ir a entrevistas de trabajo, y no encontrar ni un mísero puesto en ninguna empresa. Era probable que, al marcharme, llamaran por referencias a los gringos y se enteraran del numerito final que di. En esas circunstancias irme al extranjero con mis padres habría sido lo más cómodo y fácil, pero significaba aceptar demasiado pronto la derrota. Preferí excluirme de todo lo que había sido hasta ese momento —una persona que aspiraba a bienes, viajes y una vida placentera—, enrolándome en el trabajo que fuera. Quizá me habían hecho un favor al despedirme; de lo contrario, habría terminado perdidamente adicto para mantener aquel ritmo de vida.

Al principio improvisé cada jornada según amanecía, haciendo lo que me diera la gana. Para abaratar costos, vendí el auto y me mudé a un departamento más económico. Paula se ocupaba de pagar el arriendo y la comida; además, mis padres empezaron a enviarme algo de dinero. No podía entender cómo ella seguía conmigo. Tal vez solo fuera por la culpa que le hubiera provocado abandonarme en las circunstancias en que me encontraba. Busqué ocupaciones sencillas, cosas que me permitieran disponer de mucho tiempo durante el día para pasear, visitar museos, leer y, sobre todo, escribir —más bien, tratar de hacerlo—, aunque no me saliera como quería. La ventaja de trabajar en empleos simples era que tenía la noche para mí. Ninguna actividad laboral era relevante, la vida me daba un poco lo mismo y era agradable disponer de esa libertad. Los trabajos eran una molestia necesaria para procurarme alcohol y tabaco, un día podía ser mozo y otro vendedor de seguros. Las personas de antes que aun frecuentaba, cuando tarde, mal y casi nunca me dejaba caer en el Liguria, no podían creer que llevara una vida sin preocupaciones materiales.

Así transcurría mi existencia, sin aparentes sobresaltos, hasta que de pronto, una mañana cualquiera, sentí una ausencia total de energía, un sueño que se apoderaba de mí en todo momento, junto a un cuerpo flácido que no respondía a los movimientos que ordenaba. No tenía ganas de salir de la cama, miraba el techo y fumaba un cigarrillo tras otro hasta el fondo de las colillas.

Paula, desesperada, faltó al trabajo, me daba sopas en la boca y trató de reanimarme, aunque con resultados infructuosos. No podía contarle mis pensamientos, eran solo míos y no cabía confesión alguna. Un día, ordenando mi ropa, descubrió unos viejos papelillos en un bolsillo y armó el gran alboroto, como si el origen de mi mal fuera la droga que tarde, mal y nunca consumía. Dijo que no estaría con alguien que se drogaba, más encima tenía que mantenerme y el perla me botaba a drogadicto. Luego de eso, me obligó a ver a un psiquiatra que ella misma contactó.

Sentado en la sala de espera, con Paula junto a mí, quien solo me dirigía la palabra para retarme, me puse a hojear una revista. Encontré un reportaje sobre los ascensores de Valparaíso y la llevé conmigo cuando el loquero me llamó. Nos sentamos en un sillón frente a él y, desde su gran butaca de cuero, escuchó lo que Paula relataba mientras yo miraba el artículo; luego guardó silencio para anotar. Después me preguntó si quería decir algo. Seguí leyendo la revista, el ascensor Artillería tenía el recorrido más largo del puerto. Con gesto resignado me quitó la mirada y le habló a Paula, dijo que con el tiempo superaría la crisis y vería cómo eran las cosas de hoy, adultos jóvenes que aún se creían adolescentes, siendo rebeldes sin ninguna razón. Luego recetó algunos medicamentos.

El psiquiatra, muy a la ligera y sin mirarnos, agregó que, debido a la intensa rabia que sentía tras ser despedido del trabajo, lo abandonaría todo. No pude contenerme en ese punto, así que le pregunté si, en caso de no saber sobre el despido, habría dicho lo mismo.

—Es probable que sí —respondí por él—. Lo que dicen los psiquiatras es eso, una serie de correspondencias macabras entre causas y efectos: los que han sido despedidos, se despedirán de todo; las mujeres golpeadas, golpearán a sus hijos; los hijos de locos, se volverán locos; los hijos de drogadictos, se drogarán.

Porque era como el maldito juego de la cultura, que bien se podía entender a partir de esas correspondencias, las cuales no distaban mucho del trabajo en serie de las fábricas ni de las modas de temporada: una repetición sin fin que incorporaba pequeños elementos con el paso del tiempo, sin alterar la serie original. ¿Qué sabía él de los retornados al país? ¿Acaso preguntó algo sobre mi pasado? Éramos gente que no encajaba en ninguna parte, algo estaba roto en nosotros, por más que quisiéramos portarnos bien y cumplir al pie de la letra para ser considerados buenos ciudadanos de la patria. Habíamos crecido en otros países y luego nos trajeron medio engañados para acá, a partir de los nostálgicos relatos del país de Nunca Jamás con que nos ilusionaron nuestros padres, pero nada fue como la tierra prometida con que nos esperanzaron.

Debe haber creído que deliraba producto de la momentánea abstinencia a las drogas. De todos modos —terminé de darle mi diagnóstico antes de marcharme—, no había podido dejar de ser yo mismo y simplemente no encajé con los elementos del trabajo seriado y lo que eso demandaba. Tendría que aguardar la aparición de otra serie, o bien, la repetición de la misma, pero en otro lugar.

Al salir de allí me di cuenta de que las cosas no eran iguales. Paula había aceptado con comodidad una mentira por verdad: era un consumidor de drogas despechado por el despido, debía ser vigilado para no volver a consumir. Esa era la explicación de mis males. No tenía ganas de aclarar nada, ella tampoco quiso conversar más sobre el tema. En realidad, no volvió a hablarme. Ya no tenía dinero. El trabajo de supervisor de reponedores de supermercado que estaba realizando por esos días, a Paula le parecía denigrante; además, tampoco le gustó lo antiguo que era el barrio al cual me mudé. Al poco tiempo dejó de visitarme, así entendí que me había dejado. No era una gran pérdida que digamos, fue lo más sensato que hizo mientras duró nuestra relación. Pero todo estaba cambiando muy rápido: las últimas personas que me acompañaban partían y las nuevas —si es que las habría— aún no entraban en escena.

De pronto, el Poeta se zafa del grupo de amigos que lo sigue a muy corta distancia. Atraviesa corriendo, en medio de bocinazos y autos que avanzan veloces, la calle Condell. Entre la multitud ha visto a una chica con la cabeza pelada y se abalanza sobre ella, tomándola de un hombro y girándola. No es a quien esperaba encontrar, y se paraliza. La chica está asustada, sus amigas le dicen que no las moleste o llamarán a los pacos.

El Estudiante llega hasta él y pregunta qué le pasa, ha corrido como un loco por la calle y casi lo atropellan. El Poeta creyó que era otra persona, nada más que eso. Dice que necesita ir al Emile Dubois, tiene que ver si Mila se ha aparecido por allá. Mila, como un cuerpo que lleva hacia otro cuerpo, debe encontrarla. El Estudiante le dice que está hablando puras leseras, se atrasarán mucho y sus amigas entrarán a La Piedra Feliz y los dejarán afuera. Pero ya, si eso es lo que quiere y así se queda tranquilo, irán; no debe preocuparse, no lo dejará solo esta noche.

Esperan a Bavestrello y Verónica, no han alterado su ritmo al caminar y aguardan para atravesar al otro lado de la calle. El Estudiante grita que pasarán primero al Emile Dubois, Murillo tiene que ir a ver un asunto antes de ir a La Piedra Feliz. Bavestrello hace un gran escándalo en la vereda del frente, diciendo que por la puta se quedarán afuera, Murillo no les puede hacer esas cosas siempre. Más encima tuvo que pagarle la cuenta en el J. Cruz. Cuando llegan hasta ellos, el Estudiante dice que Murillo no se siente del todo bien y no puede dejarlo solo. Bavestrello pide que le pase las entradas, los esperará allá con Verónica. El Estudiante aclara que no puede, las tienen sus amigas y quedaron de encontrarse en la puerta. Bavestrello propone juntarse con ellas y esperarlos allá.

El Poeta se tambalea un poco, como si fuera a caer. El Estudiante lo agarra justo a tiempo y le pregunta si se siente bien. No es nada, responde, parece que algo le ha caído mal, se le está pasando. El Estudiante le dice a Bavestrello que no huevee más y lo ayude con el Poeta. Cada uno se ubica a un costado, lo toman de los brazos y empiezan a caminar con lentitud.

Verónica se pone delante de ellos, dice que tiene mala cara y está muy pálido. El Poeta, en voz baja, pide que lo suelten, pero no entienden lo que dice y siguen caminando. Cierra los ojos, baja un poco la cabeza y empieza a vomitar. Bavestrello grita "¡Chucha!" y lo suelta de golpe. El Poeta inclina la cabeza hacia el lado de Bavestrello que ha quedado libre y arroja la chorrillana mezclada con trago, un poco le queda en el abrigo. El Estudiante lo sostiene por la espalda y dice que está bien, que tire todo para afuera nomás, le hará bien y se sentirá mucho mejor. Bavestrello les advierte que en la esquina están los pacos, parece que miran hacia donde se encuentran, capaz crean que son unos curados escandalosos y los lleven presos.

El Estudiante le pregunta si puede caminar derecho aunque sea despacio, quieren seguir pasándolo bien y no terminar en cana, a ver si hace el esfuerzo de enderezarse y avanzar un poco. Cuando lleguen al Emile Dubois estará tranquilo, le pedirá un tecito caliente que le hará bien a la guata. El Poeta dice que se le está pasando, se siente mucho mejor, pero en cuanto lo sueltan empieza a zigzaguear por la calle. El Estudiante le pide a Verónica que se ponga al otro lado, Bavestrello no sirve para nada. Van a simular que caminan amistosamente muy apretados, no debe notarse que lo sostienen entre ambos. A ver si alcanzan a llegar al local y sentarse a descansar hasta que se le pase la mona.

Cuando apaguen la música de la fiesta hecha en tu honor o de otro, y vayas al encuentro de tus amigos de cada noche más envejecidos, todavía serás el niño nuevo de una mañana caminando solo por el patio del colegio cubierto de nieve, mirando a los murciélagos que duermen de un árbol.

El recién llegado de un país innombrable que no habla inglés, al que contrariados los profesores saludan como al vacío. El niño que observa cómo sus compañeros preguntan y anotan sus materias, mientras él solo da vuelta a páginas llenas de dibujos.

Sí, Freud decía que ningún niño es inocente de su exilio de infancia. Pero dices que sus padres tampoco pudieron abandonarlo en la estación de los inviernos, porque el exilio ya no es un amor prohibido.

No podrás seguir la fiesta en algún boliche clandestino, ni volver a tu casa o esperar a que ella te acoja. Ahora ese niño son las frías calles de la ciudad que siempre esperan detrás de la puerta a que salgas a buscarlo.

Sin más melodía que el eco del timbre anunciando la entrada a clases, acurrucado en tu pequeño montgomery azul al que le rompiste las costuras inventando bolsillos que entibien las manos, y la nieve intacta entre una y otra pisada, como cada vez que te vas por las calles que cambia el espejo escondido en la noche, donde despiertas en tu reflejo los murciélagos que solo tú puedes ver, regresarás del invierno al fondo del patio, blanco, con ese niño cada día más nuevo, cada vez más solo, sobre las huellas que dejó en la nieve.

—Murillo, viejo amigo, ¿te he contado alguna vez de cuando inspiré a Los Prisioneros para que hicieran la canción de la Marilyn?

Enrique Moro va al encuentro del Poeta apenas lo ve entrar al Emile Dubois. Luego, le dice a la niña que cobra las entradas que lo deje pasar. Sus amigos, que lo han soltado en la puerta, no corren la misma suerte. El dueño del local los ignora por completo, la joven termina por hacer una mueca y cortarles los boletos.

—Era en la época de la dictadura. —Moro no espera una respuesta, lo abraza por encima del hombro y se lo lleva hacia adentro—. Nos llevaban a algún acto y nos acomodaron en la misma camioneta. Me largué a hablarles sobre un poema de la Marilyn que iba a leer, era sobre las pistas falsas que habían dejado para dar la idea de que se había suicidado. Eran muy jovencitos, ni siquiera habían sacado su primer disco.

Si aquella historia es o no cierta, nunca se sabrá, pero a Moro le gusta rescatar distintos momentos de su vida así, a tiro de nada, y saludar de entrada con esas anécdotas. Inaugura su nuevo local, después de cerrar otro en la subida Ecuador, a donde ya no iban ni sus amigos. Ahora, en la calle Blanco con Bellavista, está lleno de gente y una banda de música afrocubana no da tregua y así nadie deja de bailar ni un instante. Moro no escribe tanto como antes, pero en algunas ocasiones se sube al escenario y saca el polvo a las hojas amarillas de sus libros para despertar el espíritu de las palabras.

Ha llevado al Poeta hasta la barra, donde pide que le sirvan un *whisky* a cada uno. El Poeta está pálido y se siente mareado, pero mejor que antes. No sabe qué ocurrió, no ha tomado tanto y apenas comió de la chorrillana. Moro no cesa de hablar y alegrarse por la visita, parece que no lo hubiera visto en años.

Cuando se calma un poco, les presenta a sus amigos, lo han seguido hasta la barra. El Poeta habla bajo y Moro no lo entiende.

—Si vienes con tus amigos y quieres leer ahora, Murillo, paramos la música y subes nomás. —Moro mueve los brazos de forma grandilocuente—. He puesto este local para disfrutarlo con los amigos, sino mejor bajo la cortina y me voy para la casa.

El Poeta responde que está bien así, ha venido a mostrarles a sus amigos el lugar, nada más. Se da vuelta y ve que Verónica y Bavestrello se instalaron en una mesa recién desocupada, mientras el Estudiante sigue detrás de él.

—¿Has visto a Mila esta noche? —El Poeta mira con atención a Moro.

—¿Mila? ¿Quién es?

—Una chica que parece Sinéad O'Connor. Ha venido conmigo antes.

—¡Ah, sí, ya me acuerdo! No, para nada… ¿Sabes, Murillo? Uno de estos días vamos a juntar a todos los chiquillos de antes para dar una gran noche de pura poesía. ¿Qué te parece?

Le parece bien. Sueños que quedan en nada, así es con Moro. Da lo mismo, sabe que es cierto lo que ha dicho, cualquier noche puede subir al escenario y recitar durante una hora sus textos si le da la gana, aunque la gente lo abuchee y terminen por irse. Ahora no está ni para leer la lista de los tragos.

Llaman a Moro de la caja registradora por un problema con una boleta, le dice que disfrute del local, va y vuelve, pasa el tiempo y no regresa.

Mila no aparecerá, por el momento puede dar por hecho que todo se fue a la cresta. Come unas papas fritas que dejaron en la barra y empieza a dar pequeños sorbos al *whisky*. No siente asco, lo mejor es que no deje de tomar, así estará mareado por algo de verdad. Termina el vaso y se va a sentar con sus amigos. Mientras se acerca, Verónica se pone de pie para sostenerlo, pero enseguida comprueba que no es necesario. Luego se quita el abrigo y muestra su ropa ajustada y la pequeña cintura, junto a los pechos y el trasero muy abundantes y bien puestos. Ella sonríe y celebra que se sienta mejor, mientras el Poeta piensa que es muy linda y tendrá que levantarle la chica a Bavestrello aunque no quiera; es una de las cómplices que traen las noches bohemias.

Conoce esa complicidad secreta que existe entre algunos cuerpos que se encuentran en la noche sin proponérselo, desplazándose por túneles secretos reservados para cada cual y que a veces coinciden con algún otro; entonces, una sensación simultánea emerge del carrusel monótono de lo cotidiano. Sabe lo que significa dejarse llevar por esa sensación, a través de la tierra prometida oculta que aparece cuando baja la mirada el sol. Sabe lo que es embriagarse, perderse y encontrarse de otro modo, reír hasta olvidar el sentido de lo risible, dejar libre la luz y la sombra, creer saber algo sin saberlo, llegar hasta el espacio de otro cuerpo, unirse y despertar desorientado en una cama con alguien desnudo a su lado.

Verónica toma su mano para llevarlo hasta la pista de baile, dice que lo mejor es botar esas malas sensaciones que tiene adentro moviéndose harto. Se han unido en un paso de salsa, el Poeta se aprieta contra su cuerpo. No le agrada del todo ese tipo de música, pero no es el sonido lo que importa, sino a lo que lleva. De pronto ella lo suelta, toma su mano y empuja su paso para guiarlo a través de las otras parejas, hasta un claro en medio de los cuerpos donde ya no ven a los errantes de la noche que llegaron con ellos. El imán de los cuerpos en la pista de baile lo atrae, su identidad de a poco se desvanece con el movimiento perpetuo que lo arrastra como un gran remolino hacia un centro que no está en ninguna parte. Todos los cuerpos son el centro de un presente continuo y arremetedor, que deja en suspenso lo que ha sido hasta ese momento. Todo es ahora o no es, entre las luces y el retumbar de los tambores y los bajos en sus oídos, frente a la muchacha que lo envuelve con su cuerpo como una ofrenda de la noche. No sabe aún si es una ayuda de las musas para continuar con el exorcismo de sí mismo, o un desvío dejado por las fuerzas malignas ocultas en todo.

Ella acerca su rostro y lo besa, ladea la cabeza de un lado a otro y mete la lengua entre sus dientes, como un anzuelo que espera ser mordido. El Poeta libera sus manos para que corran libres por el cuerpo que se le entrega. Ella se aparta y luego lleva los labios a su oído, donde le pide que vayan a un lugar más tranquilo. Suben rápido la escalera que lleva a los baños y se encierran en el cubículo de las mujeres. Ella pone el pestillo, mientras él la toma para recorrer su cuerpo con la boca y las manos. Ella quiere que la deje sola un momento para abrir el pequeño paquete que trae consigo.

El espejo no puede descolgarse de la pared, así que van hacia el estanque del wáter donde ella corta y arma unas líneas sobre la tapa, luego doblan un billete y aspira ella primero. Hace mucho que el Poeta no lo hace, pero ella se lo ofrece junto a su esplendoroso cuerpo. Sus fuerzas flaquean y necesita un poco de energía, aunque sea artificial. ¿Qué más da? Inhala y casi al instante siente golpes de tambores en la cabeza, la sangre irriga fuerte y la embriaguez se disipa por completo. El vendaval del tiempo los coge y las cosas suceden igual, pero con mayor intensidad. Ella desabrocha su pantalón, se pone en cuclillas y juega a correrlo un rato con su mano antes de meterlo en su boca. Bombea con insistencia, está a punto de explotar entre su lengua y dientes.

De pronto, sienten que alguien trata de abrir la puerta y da unos golpes. Grita hacia afuera que esperen un rato, pero intentan forzar la manilla y cada tanto dan fuertes tirones. El pestillo está a punto de ceder, y Verónica no se detiene. La puerta estalla de golpe y aparece Mila, con su cabeza rapada y sus ropas siempre negras. Ve al Poeta apoyado en el lavamanos y a Verónica en cuclillas en el suelo. Es un instante de intercambio de miradas con Mila, una ausencia de todo ruido que dura una eternidad.

Verónica aparta la cabeza entre las piernas del Poeta para gritarle un par de garabatos a quien los ha interrumpido, mientras Mila se aleja de la puerta. El Poeta inclina la cabeza y ve el chorro blanco caer sobre las baldosas.

Arrendé una pieza en el palacio Larraín, una inmensa casona vieja del barrio Brasil, reacondiciona con un sinfín de pequeños espacios de un solo ambiente, como pequeños departamentos. Para mí era una toma de conciencia irme a vivir a ese lugar venido a menos, una acción de arte el alejamiento de la vida burguesa y arribista que había llevado hasta ese momento, algo que Paula no soportó.

La pieza tenía un tabique falso para separarla de otros espacios, de modo que se escuchaba el ruido de la pieza de al lado. El piso estaba guateado y crujía a cada paso; además, cuando llovía el agua se colaba por las ventanas y en todo momento se escuchaban las pisadas de la pieza de arriba. Había un solo baño por piso, en la mañana era casi imposible entrar. Cuando me tocaba el turno, tenía que hacer de todo aunque no tuviera ganas, incluso lavar mi ropa en la tina, porque estaban los otros del piso esperando afuera, golpeando la puerta y mirando feo por demorarme tanto cuando salía al pasillo. Al principio me quejaba porque había que ducharse con agua fría si se acababa el balón de gas en el piso, pero después me daba cuenta de que eso era lo que buscaba, lo auténtico, la vida dándose a cuero pelado para romper de una vez por todas con el *establishment* y dedicarme a escribir, que era lo que más quería y menos se me daba.

A pesar de esto, no me ajustaba a todas las costumbres locales. Me negaba a colgar la ropa mojada en el cordel del pasillo, tenía miedo de que me la robaran; prefería tapizar con diarios el piso de la pieza. El agua que estilaba a veces podía alcanzar las hojas de los poemas esparcidas por el suelo y la tinta se corría; con un grito de lamento, daba por perdidas mis copias únicas.

De vez en cuando sentía nostalgia por la vida que llevaba antes, una existencia cómoda donde solo debía ocupar un lugar preestablecido, siendo uno más de los asalariados que por la mañana iban al trabajo, tomaban café por montones en la oficina, navegaban por Internet y a ratos trabajaban, para luego almorzar en restaurantes con sus compañeros de trabajo, volver a la oficina a no hacer nada por la tarde y, por último, ir al bar o salir con sus mujeres a comer o al cine. Una grata vida seriada, en lugar de esa invención del azar en que estaba convirtiendo mis días.

A veces también me cansaba de vivir entre las ruinas de lo antiguo y despotricaba contra los edificios viejos, quería que los demolieran todos de una vez. Porque Santiago era una ciudad donde se vivía en muchas épocas distintas al mismo tiempo y, por lo mismo, la vida en ella era confusa e inestable. Una nueva ciudad de cristales se sobrepuso a la otra, a la de antiguas casas de adobe de un piso a las que luego siguieron los inmensos palacetes, como el palacio Larraín donde vivía. Nunca terminaban de construirla, aquella antigua polis que dejaban botada a cada rato para hacer nuevas construcciones a la moda. La fundación de la ciudad se repetía cada tanto con un nuevo estilo, cada vez más lejos del antiguo centro, quitándole terreno a las siembras, escalando por la pendiente de la Cordillera, como si hubiera que arrancar del horrible pasado, dejando a los pobres y a los talleres de los artistas esas inmensas casonas podridas para que las arrendaran por piezas. Día a día nos hundíamos en las ruinas de esos lugares de pasado esplendoroso, rogando que no se cayera el techo en el próximo terremoto, buscando ocupar los pisos de más arriba para así, por lo menos, asomar una mano entre los escombros y que alguien nos rescatara.

Mientras esperan a Verónica y al Poeta —no saben dónde se han metido—, Bavestrello y el Estudiante beben sus tragos y conversan, ignorando la música y el bullicio de la gente a su alrededor.

—Cuando un sistema social se organiza de tal manera que las personas no pueden satisfacer las necesidades básicas al carecer de los medios económicos para hacerlo, algo no está funcionando bien. —El Estudiante casi tiene que gritar para ser escuchado.

—¡Ahora el huevón se puso comunista!

—No, solo constato que algo está mal de la base hacia arriba. Y aquí estamos nosotros en Valparaíso, tratando de reparar el daño hecho, creyendo que restauramos casas viejas al pintar sus fachadas. No hacemos más que eso, tapar lo viejo, y a eso llamamos progreso. Romantizamos la pobreza y el hacinamiento con que aquí se vive, haciendo postales de su decadencia. Me pregunto si no aportamos al error, echando tierra sobre un asunto que está mal, pero por otro lado…

—¿Y qué pretendes? ¿Dar un golpe de Estado, hacer la revolución? Llegaste tarde a la historia.

—No, no hacer nada, eso mismo. Dejar que las cosas se vayan a la cresta por sí solas, con lo cual permito que los ricos se hagan más ricos y los pobres más pobres, aumentando la distancia entre el piso de arriba y el de abajo, de modo que los cimientos se vengan al suelo por su propio peso.

—Te vas a volver un *yuppie* defendiendo el sistema, pero sin dinero ni trabajo. Aparte que recurres a los conceptos de siempre: arriba, abajo, pobre, rico.

—Lo digo así para que me entiendas. Sabemos que hay gente de por medio y el modo de vida rico es diametralmente distinto al modo de vida pobre. Además, no es necesario convertirse en un *yuppie*, solo hay que dejar que el sistema haga lo suyo, fabricar pobres para que construyan la torre de los ricos, tan alta que se venga abajo sola. Y yo estaré sentado en la vereda del frente mirando el glorioso derrumbe.

—Así no sucederá.

—No, quizá no, pero no me puedes negar que sirve para conversar un rato… Oye, ahí viene tu amiga.

—¡Me apestó este lugar! —Verónica toma su abrigo apenas llega a la mesa, sin hacer gesto alguno de querer sentarse—. ¡Me voy!

—¡Espera un poco! Termino mi trago y nos vamos.

—¡No! Olvídalo, Bavestrello, quiero irme. De ahí hablamos.

—Pero si me ibas a mostrar tus poemas y todavía no llegamos a eso. —Se pone de pie e intenta tomarla del brazo.

—De ahí hablamos.

Verónica sortea la mano extendida de Bavestrello y se dirige hacia la puerta. Él la observa confundirse entre la gente hasta que se pierde de vista.

—¡Te apuesto a que esto es obra del pastel de amigo que tienes! —Bavestrello se sienta a la mesa y la golpea con el puño—. Otra vez me caga con una mina, a esta la venía trabajando hace rato.

—No es culpa de Murillo si se te arrancan las minas, ¡ja, ja, ja!

—Ahí viene tu blanca paloma.

Bavestrello observa que, a la distancia, el Poeta desciende la escalera que lleva al baño. Camina entre la gente que baila, mirando hacia todos lados, como si hubiera perdido algo.

—¿Han visto pasar a Mila? —pregunta cuando llega hasta el Estudiante y Bavestrello. No sabe si la imagen en su mente de alguien abriendo la puerta ha sido verdad o una visión suya. Con las cosas desconcertantes que le han sucedido, no está seguro de si aquello ocurrió.

—Lo único que he visto fue a un tipo indignado porque se fue una mina. —El Estudiante sonríe—. Y a un tipo que llega preguntando por alguien que es probable que ni exista.

—¿Qué le hiciste a la Verónica? Te dejo bailar con ella un rato y después se va.

—No sé, Bavestrello, se apestó por algo y de repente no estaba.

—Cambiemos de local, a ver si así alteramos el curso de la noche. —El Estudiante deja a un lado su vaso—. Quiero pasarla bien. Además, los duelos entre poetas son una institución proscrita. El tema de la Verónica se acabó, nos vamos a La Piedra Feliz, que las chicas tienen que haber llegado y deben estar puteándome.

—Me da lata ir a ese lugar —dice el Poeta.

—¿Cómo se llamaba esa amiga tuya a quien yo le tenía ganas? —Bavestrello sondea al Estudiante.

A Consuelo la conocí durante el tiempo en que andaba lamentándome de que la vida se hubiera hecho tan dura de un día para otro. Como en los dibujos animados, una nube negra llovía sobre mí adondequiera que iba. Mi celular sonaba y nunca era alguien con quien quisiera hablar. Me había abandonado a mí mismo, era el tiempo propicio para que alguien llegara a rescatarme, pero Consuelo no apareció para eso.

En esas largas noches sonámbulas, hubiera querido que alguien me quitara el vaso de la mano, mientras arrastraba a mis amigos de ocasión de bar en bar contando historias borroneadas, acosando a garzonas trasnochadas que poco caso me hacían, amigos que terminaban pagando a regañadientes una cuenta excesiva por unos tragos que al final ni bebía.

Una noche en Las Lanzas de la plaza Ñuñoa, conversaba con un tipo que quería hacer una revista literaria. Lo conocí en una *schopería* de la plaza Brasil donde lo llamaban el Gato, por sus bigotes y el mentón corto y algo hundido. La gente pasaba mirando la escena que formábamos el Gato y yo. Hablábamos fuerte y con gestos grandilocuentes, pedíamos una infinidad de cervezas que dejábamos a medias. Todos iban para alguna parte y nadie podía llevarme hasta ti, Alejandra. Bebimos mucho sentados en la terraza, varios amigos del Gato llegaron a la mesa. Tenía que ir a trabajar al día siguiente al supermercado, pero no me importaba. A medida que tomaba, el mundo se suspendía en la aletargada nada que era. Me hacía falta un cable a tierra, pero ¿cómo pedir ayuda si me sentía desdoblado, un personaje de mí mismo que actuaba mi vida? El

Gato hablaba entusiasmado de entrevistas que tendríamos que hacer, de columnas temáticas y espacios publicitarios.

Más gente se dejaba caer en la mesa, como si se acercaran al escenario para contemplar mejor la obra que interpretábamos. Algunos llegaban y otros se iban, pero yo seguía bebiendo, mirando la vida a través del fondo del vaso.

De pronto me percaté de que el Gato se había marchado. Los pájaros del amanecer cantaban, dos chicas y yo estábamos en la mesa, hablaron harto mientras seguía bebiendo. De súbito una de ellas se marchó y quedé solo con la que se llamaba Consuelo. Pagamos la cuenta con el montón de billetes dejados sobre la mesa por los que se fueron antes y abandonamos la terraza, adentrándonos por la primera calle que encontramos, una vía estrecha de veredas levantadas por raíces de árboles que no llevaba a ningún paradero de micro desde donde pudiéramos irnos.

Conversamos de todas las cosas que nos habían pasado y lo extraña que nos parecía la vida, con tantos cambios y personas que una vez fueron importantes y ya no estaban. Sin embargo, más extraño aún era hablar y hacer como si todo estuviera bien a través de un cuerpo que no sentía mío, como una mala representación de mí mismo.

Seguimos caminando hasta toparnos con un vagabundo acostado en la vereda. Lo despertamos, Consuelo quería saber si estaba bien. No se enojó, agradeció la preocupación. Hicimos que nos contara cómo se había convertido en vagabundo. Pudo mandarnos a la cresta, pero no lo hizo. Tenía la frazada más abrigadora del planeta y sonreía mientras contestaba. Resultó que era de Valparaíso y había dejado todo botado, casa y trabajo, luego de que su mujer lo abandonara, llevándose a la hija de ambos. Consuelo le preguntó si le gustaría que su hija lo viera así, tirado en el suelo, durmiendo en cualquier parte y maloliente. Él contestó que ser vagabundo era solo un tiempo que se daba, un distanciamiento necesario para superar la pena.

Mientras hablaba, le di un beso a Consuelo. Aunque no fuera la escena de amor ideal, juntamos nuestros labios simulando tocar algo que no tocábamos. Los personajes que éramos daban una impresión de realidad y, para hacerlo más verosímil aún, tomé su mano y le acaricié el cabello.

Amaneció y Consuelo dijo que tenía entradas para una función de teatro al mediodía, preguntó si quería acompañarla. Decidí no presentarme más al trabajo, dispuesto a seguirla hasta donde el guion lo permitiera. Invitó también al vagabundo, pero él respondió que mejor sería en otra ocasión.

Nos marchamos camino al centro de Santiago, tomados de la mano y deteniéndonos de vez en cuando para darnos besos secos, helados y con sabor a cerveza. Éramos personajes que no se sabían sacados de obras distintas y, más encima, íbamos de paseo al teatro.

El Poeta considera La Piedra Feliz un lugar esnob hecho para los niñitos bien de la Ciudad Jardín, como también llaman a Viña del Mar, que se dejan caer creyendo que viven a fondo la bohemia porteña. Para él no es más que una distante prolongación de los aburridos *pubs* cercanos al casino de Viña del Mar, donde abundan concursos del tipo "el mejor queque" o "trago a la mejor en karaoke". Allí las chicas bonitas suben al escenario, donde algún aburrido animador —que solo destaca del resto porque grita más fuerte— regala tragos si la chica imita como oligofrénica al cantante original, tomándose por lo general al seco el trago arriba del escenario y embruteciéndose aún más con ello.

Los autos de los niñitos bien bloquean la vereda de la calle Errázuriz. Apoyados en la carrocería se traspasan botellas, escondiéndolas cuando pasa alguna patrulla policial. Se ríen sin ganas y esperan entrar a los locales *techno* o a las salsotecas que surgen de la noche a la mañana como poblaciones callampas en esa calle, porque la noche para ellos es solo pasarlo bien y hay que hacer lo que sea para lograrlo.

El Poeta se ha dejado coger por la rabia y el rencor de lo que debió encontrar y no ha hallado, así que les grita un par de garabatos. El Estudiante, Bavestrello, las chicas y el Jote, que han esperado en la puerta más de lo acordado, lo miran feo sin dejar de llamarlo, mientras el guardia, a quien le han pasado las entradas, los registra juntos.

El Poeta los alcanza y se internan por un salón de techo muy alto y con las luces a medio encender. La mitad de las mesas están ocupadas con algunas parejas, grupos de amigos y oficinistas con el nudo de la corbata suelto.

—¿Todavía no llegan a su casa después del trabajo? —El Poeta se acerca a la mesa de los oficinistas—. En vez de perder el tiempo con sus amigos, deberían estar jugando con sus hijos.

—No le hagan caso —el Estudiante lo toma del brazo—, se le pasaron un poco los tragos, eso es todo.

—Solo estaba dándole un poco de emoción a la noche.

—Para emociones, tenemos de sobra con nosotros mismos.

—Es que tú quieres que seamos un club de Toby, todos ordenaditos pasándolo bien entre nosotros, y a mí no me gusta eso.

—¿Qué club de Toby? ¡No quiero que nos metamos en problemas, eso es todo!

—Para eso es mejor quedarse en casa viendo tele.

—O jugando con los niños, que es lo que estabas recetando.

—Pero eso también puede tener sus riesgos.

—Si son como tú, claro que sí.

El Poeta se zafa del brazo del Estudiante y se dirige a una de las grandes puertas que llevan a los otros salones. Quiere dejar atrás por un rato a sus amigos, entra a un salón despejado de mesas con una música envasada que retumba fuerte. A esta hora solo bailan unas cuantas parejas.

Regresa al salón principal, saluda con la mano a la mesa de los oficinistas y se interna por otra puerta alta. Allí las mesas están ocupadas, la gente se agolpa en la barra y los meseros pasan sus bandejas llenas de tragos por encima de las cabezas del público.

Cruza entre la gente y se acerca al escenario. En el muro del fondo, sobre una pequeña tarima, se ubica un grupo de música latina que toca una canción cubana. Varias parejas bailan en la pista. El Poeta se pone a bailar alrededor de las parejas, empujándolas cuando gira sobre sus pasos, hasta que un hombre fornido de grandes bigotes lo agarra de un brazo y lo tironea hacia él.

—¡Oye! A la señorita le pisaste el pie, ten cuidado si no quieres tener problemas conmigo.

—¿Y qué vas a hacer al respecto?

—¡Mira, chiquillo malcriado, no me provoques!

—¿Y qué vas a hacer al respecto?

Aparece de nuevo el Estudiante, apartándolo del hombre que se está sacando la chaqueta.

—¡No te puedo dejar solo ni por un rato!

—Lo que pasa es que no dejas que las cosas sucedan como tienen que suceder.

Llegar al fondo de la noche también significa aceptar las consecuencias que traiga, pero el Estudiante no permite que el destino siga libremente su curso.

—Estamos sentados en una mesa allá afuera.

—¡No me importa! ¡Déjame tranquilo!

—Si te dejo tranquilo, Murillo, nos terminarán echando.

Llegan a la mesa. El Poeta toma uno de los vasos de las chicas y hace un brindis con una frase que ha leído en alguna parte:

—¡Brindemos y pasémoslo bien, porque hoy día somos jóvenes y fuertes y mañana moriremos!

—Parece que quieres morir esta noche. —El Estudiante se sienta—. Si lo hubieran visto molestando a la gente allá adentro…

—Y siendo tan joven y fuerte, ¿quiere morir? —pregunta una de las chicas.

—Justamente por eso. —El Poeta no se preocupa por mirarla.

—Ya, déjense de leseras y siéntense. —Otra de las chicas hace espacio en la mesa para poner más sillas—. Como no llegaban, les pedimos unas piscola que son a prueba de todos.

—¿Y vamos a bailar o no? —La primera chica mira a su alrededor.

—En la pista de baile está muy fome la cosa, no hay nadie ahí. —El Poeta le toma el olor a su vaso.

—Pero todavía es temprano.

—Para ti será temprano. —El Poeta recuerda que ha empezado la velada hace un buen rato—. Para mí es como cerca del amanecer.

—Deja de tomar tanto entonces.

—Si dejo de tomar, me pondré más pesado todavía.

—Ah, entonces sigue tomando.

Una tarde Consuelo me citó a la terraza de Las Lanzas, quería que conversáramos sobre nuestra relación, la cual de forma sostenida y predecible se volvía día a día más distante. No sabía bien qué me sucedía, o solo me gustaba más pensar en ti, Alejandra, en lugar de acudir a las llamadas de Consuelo. Las chicas eran una especie de conexión para llegar a ti, estaba más inmerso en mi memoria que en la realidad. Le conté que había estado trabajando mucho en las últimas semanas (lo cual no era cierto), pero que por ningún motivo me preguntara a qué me dedicaba, aquello no tenía importancia alguna. También había estado escribiendo, de eso sí podía interrogarme cuanto quisiera.

—Oye, eso es superbonito. ¿Qué escribes?

—Cuentos, poesía, lo que vaya saliendo. —Quise aparentar que aquello no tenía mayor dificultad para mí.

—¿Y cuándo me vas a mostrar algo? —Se acercó a la mesa.

—Bueno, si quieres te recito algo ahora mismo.

No se me ocurrió otro poema que uno de Teillier. Para que ella se entretuviera un poco —por las tantas veces que quiso juntarse conmigo y no accedí—, lo declamé en un tono rimbombante y alambicado, haciendo grandes gestos con las manos:

No puedo amar a nadie.
Acuérdate
que la reina de las nieves
me ha llevado en su trineo
y tú has crecido demasiado
como para poder rescatarme.

Lo recité como una broma para que nos riéramos un rato, pero ella no conocía el poema y era probable que tampoco a su autor, así que lo tomó como si fuera mío.

—Creo que ahora sí me voy a enamorar perdidamente de ti.

"Un malentendido más en la vida —me dije—, qué más da". Ni siquiera era un poema de amor en estricto rigor. Había visto sus ojos de serpiente muy atentos escuchándome. Por lo menos tenía buena memoria para recitar a otros, porque la verdad era que jamás terminaba un escrito mío, quedaban miles de textos archivados en carpetas y no alcanzaban a transformarse en algo, apenas garabatos sin trasfondo ni forma que, por pereza o porque no daba en el clavo de la genialidad —después de tantos escritores brillantes que había leído—, dejaba abandonados para no retomarlos. La angustia de lo inconcluso me rondaba adondequiera que iba. Sentado junto a Consuelo, se me habían ocurrido una infinidad de argumentos para cuentos y lamentaba estar allí perdiendo el tiempo, cuando podía aprovechar mis ratos libres para hacer lo que más quería: escribir. Sin embargo, cuando me acomodaba en el escritorio de mi pieza nada fluía, mi mente se quedaba en blanco o divagaba por banales obligaciones que debía cumplir en el trabajo. De modo que era un escritor que no escribía, que no había hecho nada, pero para ella sería un gran poeta a partir de ese momento, claro que viviendo a costa de los textos de otros. Y más encima decía que se estaba enamorando de mí por palabras ajenas. En aquel instante debí revelar que era un poema de alguien más y se acabó el asunto. El sol descendía con lentitud sobre los árboles de la plaza Ñuñoa, dándome tiempo para confesar, pero no lo hice. Me sentía más lejos que nunca de aquel tiempo y lugar, Alejandra, con una mujer que me creía diferente y en una vida en la cual no me reconocía, e incapaz de revertir la situación. Era para reír o llorar; quizá ambas a la vez.

El Poeta insiste en buscar a alguien que quiera descargar su rabia contra él, desatar el odio, alimentar el deseo de agresión que aflora en algunos cuando toman unos tragos de más. Siente asco de la monotonía del lugar, quiere despertar los sentidos y salir de la modorra. Ninguno de sus conocidos esta noche le quiere dar una golpiza, salvo el cuatro ojos de Bavestrello, que es un gordo blandengue y cobarde incapaz de pegarle a nadie. El resto, personas desconocidas, posibles enemigos contra quienes puede arremeter. Necesita sacarles la máscara de las buenas costumbres, darles un empujón y así ayudarlos a acabar con él, lo único que esta noche puede depararle. De tanto buscar el odio al final se encuentra, antes estuvo tanto tiempo en eso que fácilmente puede recuperar lo perdido, sintiendo que de algún modo ahora lo necesita.

Un grupo de tipos grandotes y macizos conversa de pie cerca de la barra, se dirige hacia ellos. No cuesta nada pasar al lado de uno y darle un gran hombrazo para quedarse parado ahí mismo, esperando a que le den un golpe.

—Oye, ten más cuidado cuando pasas. —El tipo le lanza una mirada hostil.

—¿Por qué?

—Porque me empujaste.

—Tú estás en el camino.

El tipo se da media vuelta meneando la cabeza, como si el Poeta hubiera cometido una gran equivocación que es mejor ignorar. El Poeta piensa que aún no está todo perdido. Se devuelve y le da otro hombrazo al pasar.

—Ese huevón anda buscando pelea —dice uno de los amigos del fortachón.

—Sí, pero mira lo chico y flacuchento que es. No quiero ir preso por matar a alguien, menos ahora que está cerca el gran partido de *rugby*... Oye, chico, ¿por qué no me vas a comprar otra cerveza y olvidamos todo?

—¡PORQUE NO!

El Poeta se aleja de ellos. "No se puede confiar siquiera en que las cosas más sencillas resulten como deben ser. No es posible recibir con honradez unos golpes por algo que lo amerita. Sí —piensa—, el local apesta, apesta a niño rico alimentado con leche en tarro hasta solo ayer".

El barman les dice a los tipos grandotes que el Poeta es uno de esos vendedores de libros que van de bar en bar. No deben hacerle caso, de seguro está pasado de copas. Luego grita que, si lo sorprende molestando de nuevo a los clientes, lo pondrá de patas en la calle y no lo dejará entrar más a vender sus libros. El Poeta responde que no hace falta, ya se estaba yendo y no piensa volver.

Tampoco importan sus amigos, aunque se acerca a la mesa para despedirse. El Estudiante se ha aburrido de cuidarlo, solo tiene la mente puesta en discutir con Bavestrello y los ojos en las chicas.

—La literatura es crear relaciones entre personajes, situaciones y circunstancias que pueden o no ser ciertas. —El Estudiante juega con un cigarrillo que nunca enciende.

—Para ti es un tema de crear relaciones que pueden ser falsas —dice Bavestrello.

—¡Espera! Una historia puede contener muchas historias que coexisten de forma simultánea, donde una explica la otra, sosteniéndose el texto en sí mismo. Para eso no es necesario que una relación entre elementos sea verdadera o no, tú haces que sea verdadera. Es posible utilizar, por decirlo de algún modo, los elementos primarios como materia y su poder arquetípico en la humanidad: la noche, el día, el hombre y la mujer, aquellas cosas que no deben explicarse porque trascienden a la vida de cada uno y, por decirlo de algún modo, tienen vida propia más allá de nuestra existencia.

—Ahora te volviste positivista.

—Existe la realidad de cada uno, podemos llamarla principal, pero también una realidad más allá de cada uno. La literatura, creo yo, es hacer que otros existan en la realidad propia, aquella que nadie más vive.

—O sea, la cosa no pasa de ser un exhibicionismo.

Bavestrello es alguien que vive de las ideas de otros. No puede pensar por sí mismo, necesita las creencias ajenas para estructurar sus argumentos. Nunca se le ve inaugurando un tema, escribe versiones de poemas de otros poetas. Es bueno para hablar y a las chicas les gusta, pero siempre terminan por levantárselas. Sin embargo, es quien tiene más libros publicados, escribe y publica de forma sagrada un libro cada nueve meses. No importa si los textos son o no aceptables, es un plazo que va más allá de las palabras. Tiene un abdomen prominente de hombre sedentario y usa anteojos de gruesos vidrios que hacen que sus ojos parezcan dos pequeñas lentejas. Siempre anda con un bolso lleno de libros, ediciones de sus propias obras por si alguien quiere comprarlas. En cualquier momento de visita en un bar, se pone de pie y ofrece sus libros en las mesas. Compra tragos aparte y jamás aporta dinero si en la mesa falta para completar la cuenta. El Poeta no le tiene mayor aprecio, pero es alguien que siempre ha estado y lo acepta como algo ineludible.

—El tiempo hace que la realidad que creí tan mía parezca la de otro. El tiempo hace que la realidad que creí tan inalcanzable, reservada a otros, pueda llegar (y llegue) a ser la mía. Entonces se escribe fundamentalmente para uno mismo, para ver cómo se fue en otro tiempo.

—Para ti todas las relaciones, sean veraces o no, se establecen en el tiempo —dice Bavestrello.

—El tiempo es una relación en relación con otra cosa. Nunca el tiempo es en sí mismo, siempre en relación con otra cosa. Cuando decimos "tiempo", siempre decimos algo más. En el mejor de los casos, se muestra cómo pasa de una cosa a otra, o cómo esa cosa se transforma en otra. El tiempo está en la cosa, pero nunca la cosa está en el tiempo. El tiempo es como si algo se colara entre nosotros, como pequeños asomos que provienen de otra parte.

—*Breve historia de la filosofía*, Humberto Giannini.
—Bavestrello mira a las chicas a ver si celebraban el chiste.

Quienes lo conocen, ven al Estudiante como un niño grande. Ha pasado por muchas carreras universitarias y, por ahora, estudia Filosofía. Siempre deja las cosas a medias, se aburre con facilidad. Busca algo que no logra encontrar. No cree mucho en las palabras, hay algo que siempre se le escapa; cuando cree estar más cerca, abandona la búsqueda. No quiere encontrar. Cree que si aprehende lo que tanto busca, caerá muerto en ese mismo instante. Por eso vive como si el tiempo no existiera. Para él, el mañana no es muy distinto del ayer. La vida son cosas que van sucediendo. Lo importante es la intensidad de los momentos, no la evolución ni el orden en que aparezcan las cosas. Aun así, le tiene miedo a la muerte y nada puede tener una intensidad demasiado fuerte, porque entonces cree que dejará de existir. Encontrarle sentido a la vida es cerrar la posibilidad de seguir viviendo. Por eso, nada lo toma demasiado en serio; si elucubra alguna idea, termina por destruir su propio argumento. Necesita de alguien que esté afuera contradiciéndolo para conversar.

—Me he ido un poco por las ramas con esto del tiempo, lo sé. Quería decir que la literatura es como un lugar hermoso que se ha descubierto, aunque pueda ser triste, y te quieres quedar ahí para siempre, pero sabes que no es posible.

—Con ese comentario nos devuelves al paraíso perdido, aquí no ha pasado nada en todos estos siglos —dice Bavestrello.

—Sí, puede ser, pero ese paraíso perdido es el de cada cual, eso sí, construido con los elementos dados a todos.

—Un positivista subjetivo.

—Como quieras llamarlo, me da lo mismo… A todo esto, ¿queda algo para tomar?

Nadie responde. El Estudiante mira a su alrededor, la mesa ha quedado vacía. Las chicas se han aburrido de la conversación y se fueron con el Jote al salón de baile. Es probable que terminen abrazadas a otros tipos y se vayan con ellos a la casa, y el Estudiante se meterá en la cama de alguna de ellas cuando queden solas en la tarde del día siguiente.

—Hagamos una vaca para ir a comprar más copete a la barra. Ponte con algo. —Se dirige a Bavestrello, quien está mirando para otro lado.

El Poeta los ha observado, escuchando su conversación. Hubiera querido decirles: "¡Bailen! ¡Bailen! ¡Dejen de pensar!". Ha elegido el silencio, encaminándose hacia la salida sin decir adiós. Un montón de niñitos bien sigue apostado afuera en la calle, esperando entrar a algún local cuando los guardias se lo permitan. Para el Poeta son como los chinos, todos iguales entre sí. Lo golpea el fresco aire nocturno con suave aroma a mar. Es mejor alejarse de ese barrio, donde con tanta facilidad puede volver a encontrarse con los monótonos errantes de la noche, que son como una parte de sí mismo de la cual, por ahora, quiere prescindir. Toca los libros de poesía en los bolsillos de su abrigo y se interna por las calles verticales a la costa, en dirección a los cerros.

Consuelo tenía ojos de serpiente y a veces hablaba cuando dormía. Se la podía ver todos los atardeceres sentada en la terraza de Las Lanzas, bebiendo una cerveza. Después del trabajo iba a clases de teatro y hacía el amor para sí misma.

Me invitaba a su departamento frente a la plaza Ñuñoa, pero le contaba de ti y pocas veces pudimos hacerlo de veras.

Sus ojos de serpiente no eran de mentira. Tenía un novio que estaba preso por tráfico de drogas y no saldría en cinco años. Se ponía a hablar de él cuando todo indicaba que habías ganado, Alejandra, y no habría amor esa noche. En esas ocasiones, fumábamos y a veces volvíamos a salir a tomarnos otra cerveza.

Me invitaba a restaurantes y fiestas, presentándome a sus amigos, pero yo siempre hablaba de ti. Ella no pedía nada o casi nada, solo dormir con alguien, pero decía cosas terribles en sus sueños: "Te voy a matar", "No me persigas más", "La sangre cae hacia arriba". Me daba un poco de miedo escucharla en la noche.

También me molestaba tener que sentarme en la misma mesa de Las Lanzas con amigos de ella que antes fueron sus amantes. Una noche despertamos al mismo tiempo y, como si fuéramos desconocidos, sentimos vergüenza de estar desnudos. La mayor parte de las veces era como una relación de amigos de otro tiempo: aún se les quiere, aunque no haya algo en común. A pesar de eso, sus ojos amarillos de reptil no eran falsos y jamás vi venir la mordida, sino lo contrario.

Alguna vez tuve amigos, en ese momento quedaba una que otra imagen velada en la memoria. Consuelo creía que estaba loco y a nadie más le importaba un carajo lo que fuera de mí. Si sentía felicidad, solo era que la tristeza había salido a dar un paseo. Cuando no teníamos más que decirnos ni quería volver a fumar, prendía la tele. Prefería los comerciales a los programas, pero mucho mejor era mirar sin ver. Si daban programas de gente que se reencontraba después de muchos años, los veía enteros. Hubo tantas mujeres con quienes estuve y cuyos nombres nunca guardé. Consuelo me contó que, cuando dormía, a veces las nombraba.

Nadie podía decirme dónde estaban mis amigos, las mañanas traían de vuelta el mismo día. Por entonces, el cuento de Monterroso me resultaba el más hermoso y el más triste: "Cuando despertó, el dinosaurio todavía estaba allí". Recordaba al abrir los ojos para no tener que levantarme.

Hubiera querido buscar a mis amigos, pero las mañanas traían de vuelta el mismo día.

*Colgado de los ojos de los perros que husmean como locos la no-
che, atropellándose en su carrera desenfrenada tras un olor, tras
un leve ruido de pasos, asiéndose a sus ojos inyectados en sangre, subiendo cerros e internándose por callejones tras el sonido
y la furia de la oscuridad, persiguiéndose entre ellos, devorándo-
se los cuerpos cuando se dan alcance y se revuelcan en el suelo.*

*Como amantes buscando a tientas una cama, excitados se arro-
jan en cualquier parte y rasgan las sábanas de sus cuerpos, pen-
diendo de los orificios con que se acogen. Una sed incontrolable
hundiéndose en la piel de ambos, desnudando los cerros lejanos y
las calles abandonadas.*

*Cruzando la región de la noche, como si la luna reuniera sus
fragmentos a la distancia e intentaran darle alcance, los ladridos
esparcidos por la ciudad, en busca de los amantes que han venido
a encontrar un sitio donde refugiarse, los amantes oyen los ladridos como una sirena a lo lejos.*

*A toda carrera, los perros dan vuelta por calles donde no hay discos
de leyes escritas con signos, parecerían una doméstica jauría de quiltros protegiéndose juntos de la noche, si no fuera porque en su corrida escudriñan en los basureros, registran las tapas del alcantarillado,
buscan su presa, como si les hubieran dado a oler un resto de la ropa
de los forajidos, para quienes el amor siempre estuvo en otra parte,
lejos de las ciudades de las cuales fueron hechos.*

*Más allá de los pechos amamantadores que criaron cachorros
junto a sus hijos, colgados de las tetas de la camada, mamando a
la misma hora sumisos y leales; los perros, criados para ser los
policías de los animales, persiguiendo a los gatos desorientados*

en el día, reventando a los pequeños cuchos en sus hocicos torpes, han cruzado puentes y calles siguiendo la pista de quienes huyen, han roto vidrios y botado puertas con sus grandes patas, rastreando los cuerpos que se encontraron en la noche.

En su interminable paso reúnen pistas, mientras corren con la lengua afuera, pegándose mordiscos cuando alguno se adelanta, ladrándole a la oscuridad y volviendo sus colmillos contra las patas de sus compañeros.

Están entrando a una casa, derriban puertas y suben escaleras, perdidos en el insoportable estruendo de sus ladridos, encaramándose a un lecho donde han visto que algo se mueve. Los colmillos insaciables destrozan sábanas, encuentran cuerpos tibios para hacerle frente a la noche, se sacian por un momento con la sangre, antes de perderse por el túnel sin fondo de la oscuridad.

Volví a encontrarte, Alejandra. No esperaba verte otra vez, pero de pronto ahí estabas. El mundo giraba y nosotros no. Claro que las pompas de jabón se reventaron cuando supe que no fue casualidad, sino lo contrario. Consuelo me había preguntado todo acerca de ti luego de que le hablara de nosotros, en esas noches insomnes sin amor entre ambos. Me preguntó qué hacías y, al parecer, no le costó mucho dar contigo; después de todo, eras una figura semipública con tus proyectos de los centros de tortura como monumentos nacionales, aunque no prosperaran. Con el tiempo me enteré de cómo te había llamado para contratarte como arquitecta, para un sitio cerca de Santiago donde supuestamente construiría una casa. Supe de los encuentros cada vez más frecuentes para discutir el proyecto, en algún café, en un bar, y de cómo pausada, pero de forma calculadora, se fueron haciendo amigas y el motivo original de los encuentros se diluyó. Por esa época no sabías diferenciar el bien del mal, las cosas que deseabas eran tuyas. Tenías el rostro de noches lánguidas y el pelo color miel. Eras una más de las amigas de Consuelo, te reías con los tipos que tantas veces había visto en su mesa de Las Lanzas. Poco tenías de la Alejandra que guardaba en mi memoria.

Llegué a aquella fiesta invitado por Consuelo. Hacías una coreografía de Raffaella Carrá en compañía de los amigos de ambas, unos tipos de las clases de teatro vestidos de mujer con grandes pelucas crespas. Consuelo me preparó una *whiscola* y después seguimos con atención el espectáculo. Hacían la mímica al estilo de la cantante, abarcando el patio de la casa. No tenía nada de artístico el número, bastante fome debo confesar, pero sirvió de preámbulo para calmar la angustia inicial por la sorpresa. Hubiera querido correr a saludarte, y después de un abrazo tomar tu mano, salir de ahí y no mirar atrás, olvidando los días que perdimos como estúpidos. Mientras te observaba, le comenté a Consuelo que te conocía de antes. Ella asintió, diciendo que habías estado con nosotros una noche en su mesa de Las Lanzas, pero sabía que no podía ser cierto. Como la canción se prolongaba fui en busca de otro trago, estaba nervioso y necesitaba algo para calmarme.

Te saludé apenas terminó la coreografía. Sin mostrarte sorprendida por el encuentro después de años, fuiste distante y lejana. Luego apareció Consuelo y me apartó de tu lado.

Durante toda la noche nos dirigimos miradas furtivas. A ratos me descolgaba del personaje desdoblado que era, en una remota obra de teatro que interpretaba junto a Consuelo, siendo la supuesta pareja que no éramos, para ser de nuevo aquel que conociste. A veces coincidíamos en el mismo grupo de gente y conversábamos de cualquier cosa, nada que comprometiera ni delatara nuestra antigua complicidad. Me era cada vez más claro que Consuelo era un pretexto del destino para encontrarte otra vez. Todavía creía que aquello era una casualidad, pero los ojos de serpiente vigilaban sin hablar.

En el transcurso de la noche, algo bebido y acorde con lo que sentía, le dije a Consuelo —con las palabras más suaves que encontré— que no podía mantener la relación. Confesó que tampoco se sentía bien conmigo, así entendimos que nuestra representación del amor llegaba a su fin.

Sin embargo, sus ojos de víbora contemplaron la historia antes de que aconteciera.

Mientras hablaba con ella, bailabas al otro extremo del patio simulando divertirte, cuando en realidad me aguardabas. Bebí mucho, tengo imágenes sueltas y recortadas por las tijeras del alcohol. Pensaba en ti y en cosas grandiosas, aunque a la vez estúpidas: el mundo solo existía para que nos encontráramos; todo había cambiado y, sin embargo, nosotros éramos los mismos; las estrellas tiritaban a lo lejos, no se contentaban con que nos hubiéramos alejado.

Dudo que esa noche alguno de tus amigos haya sospechado algo. Consuelo no me dirigía la palabra y cuando empezó a despedirse de todos, te ofreciste para llevarnos en tu auto. Subimos al escarabajo y me acomodé en el asiento de atrás, Consuelo se sentó a tu lado y guardamos silencio durante el trayecto. Al llegar a su departamento, en un movimiento esperado aunque todavía incierto, quitaste la mano de la palanca de cambio y me tocaste levemente la rodilla. Consuelo se bajó sin decir adiós ni mirarnos, me pasé al asiento de adelante y aceleramos para perdernos juntos por las calles nocturnas.

Es el momento de la noche en que lo esperado puede no ocurrir y lo inconcebible desatarse. Lo sabe el Poeta, mientras mira la noche como hacia el umbral de una puerta que no se decide en abrir. Se siente en un trance de decirse a sí mismo que está cansado o algo borracho, es mejor marcharse a descansar y fingir que no ha pasado nada, o dar un paso hacia adelante y sacar de la ambigüedad oscura las sombras que se definirán a medida que se acerque. Empieza a perfilarse una trama secreta, como si esta noche fuera la noche de la vida o la última de un tiempo iniciado.

No sabe si busca a alguien o huye de esa persona, pero por un momento le parece que camina hacia su propio encuentro. Durante un instante se desespera y siente que la vida posee una atmósfera enrarecida, donde todo adquiere un carácter de misterio e irrealidad.

Ha subido al cerro Bellavista por la calle Ecuador y luego ha tomado Yerbas Buenas, siguiendo una escalera empinada que lo lleva al pasaje Chopin. Sigue por pasajes estrechos, zigzagueando su ascenso al cerro, internándose por otra vía que se inaugura con el edificio de la Fundación Valparaíso, una mezcla de restaurante y galería de arte en función del turismo. Baja por el pasaje Pasteur y comprueba que no está encendida la luz de la casa que comparte con Luna. Siente la tentación de irse a la cama, pero en realidad no es lo que quiere, así que prosigue por el laberinto de pasajes. Se adentra por Guimerá, sorteando los desagües que corren cerro abajo. Las casas recubiertas con planchas de zinc oxidadas y la pintura a medio descascarar dan la sensación de estar abandonadas, pero es solo la apariencia, porque en unos cuantos metros cuadrados viven muchas familias. A la vuelta del pasaje se encuentra con el amplio mirador. Camina a paso lento, atento al disparejo suelo de adoquines y esquivando el abundante excremento de perro. Se apoya en la baranda y saca un cigarrillo.

En noches despejadas es posible ver las luces del lejano puerto de Quintero y la chimenea de Las Ventanas tintineando en la oscuridad. Más abajo, los barcos anclados en la bahía esperan desembarcar sus *containers*. El mar es una enorme mancha negra delineada por las luces de la costa. Las casas ubicadas frente al mirador no dejan ver las grúas del puerto, pero cuando los ruidos de la ciudad cesan es posible escuchar el puerto trabajando día y noche.

Fuma contemplando las luces y el oscuro espacio que las rodea. Mira desde arriba como si se tratara de un mundo donde aún no ha entrado y la vida estuviera todavía por hacerse, lejos de las derrotas y los triunfos del pasado.

Nada debe pasar y nada pasa, es solo un paisaje entre las casas de un cerro. La campana de una iglesia suena a lo lejos. Siente que una parte de él siempre mirará desde la distancia, mientras otra se inmiscuirá en las cosas de allá abajo, actuando en un mundo que nunca se detiene.

Le hubiera gustado encontrarse con Luna, cuando se reúnen solo sienten la necesidad de estar juntos y nada más importa. Conoce los lugares donde ella concurre por la noche, el bar La Playa o La Cueva del Chivato, locales ordenados donde comparte con sus compañeros de trabajo o con los amigos que hizo en la universidad. Toman un par de cervezas, bailan, ríen y después regresan sanos y salvos a sus casas. Luna lo sostiene cuando se cansa de agitar las aguas que indiferentes vuelven a su curso. Se deja caer en sus brazos, recibe sus caricias y poco a poco recupera las fuerzas.

En este momento de la noche, el Poeta se siente solo. La soledad es como una ciudad vista de lejos. Siente que nada nuevo ha aprendido después de tantos peregrinajes, han sido huidas que lo mantienen dando vueltas sobre sí mismo. Allá abajo también es de noche, pero de otro modo. Los autos pasan, las personas comen y miran la tele, hacen el amor, discuten, se golpean, tienen horarios para todo, y no se asustan por la tenebrosa aparición de imágenes perdidas en su memoria. Tienen metas y anhelos, hablan de proyectos y del porvenir como si fueran inmortales. Pero también están solos, por haber sacrificado lo auténtico de sí mismos para vivir en sociedad. Son como barcos anclados que duermen con placidez sobre las aguas, esperando a un costado del muelle para vaciar sus estómagos llenos de *containers*. Para ellos la vida es un puerto al que entran y salen, indiferentes de la ciudad a la que llegaron.

Se pregunta cómo puede volver a entrar en la vida, sin tener que sumarse a ese torrente de gente que cree en las indicaciones de las calles, en los dictámenes que indican los horarios, en las buenas costumbres, en los otros como en sí mismos, en las leyes y en el amor por sobre todas las leyes. Quizá sea demasiado tarde y esté condenado a vagar de un lado a otro encontrando a veces a personas como él, marginadas por su propia mano, con las cuales siempre terminará por enemistarse; cada marginado es un ser distinto, no hay voluntad ni necesidad de congregarse.

Piensa en Luna, en las palabras de aliento que le daría. Eres un buscador sin límites de la infinita nada. Eres alguien que no se rinde, aunque sabes que no llegarás. Eres el testimonio de que vivir la vida como deberíamos es posible. Eres un Poeta.

El Poeta está solo. ¿Qué importa si permanece vacío el lugar tallado junto a él, ese que debiera ser llenado por una mujer? Está solo en lo que va de la noche y es probable que estará solo al momento de irse a dormir. Está solo al igual que todos, la única diferencia es que lo sabe, por eso necesita extender sus brazos en forma de palabras, para llenar el abismo entro uno y otro cuerpo. Tenía una aventura para esta noche, pero la noche tuvo su propia aventura. La ha perdido entre tantas cosas que sucedieron.

Es una sensación de soledad que pasa pronto si el Poeta deja que hable a través de él. La vida pronto recuperará su curso y empezará a descender el cerro con nuevas energías.

Tendidos en la cama después de hacer el amor, le habló a Luna de Alejandra, contándole de cuando lo llevó a su departamento después de tanto tiempo de buscarlo, de haberle rogado a todos los santos para reunirse con él, como en una vieja y romántica película de amor, sin importarle nada ni nadie, sin tomar en cuenta las malas experiencias que vivieron, ni las advertencias que señaló Consuelo al saber que se quedaría con él, con toda esa ansiosa espera que sentía como un leve cosquilleo en el estómago, igual a una embriaguez antes de precipitarse en el abismo de sus brazos —le contó a Luna una historia llena de belleza y nostalgia, porque era mejor recordar así lo que Alejandra le había dicho al besarse en su departamento, en esa nueva oportunidad que se daban; decían desearse con desesperación, mientras la hija de ella no estaba—. De pronto, luego de tantos años de vivir sola y de su separación, aunque recién hubieran vuelto a empezar, como un reproche, le preguntó por qué se había demorado tanto en regresar, por qué la dejó abandonada durante tanto tiempo. Sentía tristeza de no haber sido capaz de mantenerlo, guardaba un afán secreto por recuperarlo de algún modo, para que él ocupara el lugar del amor que le tenía reservado.

Él se preguntó si no sería un lugar que podría ocupar cualquiera, como si el amor para ella no fuera uno nuevo cada vez, sino como las olas del mar, cayendo de forma perpetua una tras otra, tan similares entre sí. Preguntas que se hizo sin esperar una respuesta, tal vez porque habría significado un desencantamiento de la relación que reiniciaban. Y así, con todo el amor guardado desde quién sabía cuándo y abrazándolo mientras temblaba, le contó de muchas cosas vividas en el tiempo que estuvieron lejos: irse a España a probar suerte, su llegada a Madrid y la pronta partida de una ciudad que encontró muy aburrida; su estancia en Barcelona, que fue como vivir dentro de un mito; los diversos trabajos que realizó para costearse un posgrado en Urbanismo; involucrarse con otro chileno que andaba en lo mismo; la llegada a España de su hija, se había quedado en Chile con sus abuelos y, a esas alturas, era casi una adolescente; la inesperada muerte de su pareja en un accidente; la horrible tragedia del duelo y la renovada soledad; el regreso a Chile sin terminar sus estudios, sintiéndose derrotada y cansada, muy cansada; establecerse en la casa de sus padres junto a su hija durante un tiempo, mientras encontraba un trabajo; mudarse a ese departamento donde sentía que desde entonces esperaba a que llegara, no creía necesario explicar el por qué, solo era así. Ella se había ido como tantas otras personas que se pasaban la vida huyendo de un lugar a otro, sin entender nada sobre dónde estuvieron, como tampoco por qué había regresado. Pero ahora que él de nuevo apareció, las cosas empezaron a tener sentido; aunque todavía no lo comprendiera, de una extraña manera sabía que era así.

Con Alejandra hubo sobre todo sexo, le dijo —como jactándose de ello—, por fin el sexo que no estuvo antes, encerrados en su pieza aunque no fuera necesario, ya que su hija nunca estaba, como si evitara un encuentro entre ambos. Otras veces se quedaban en la pieza donde él vivía en el barrio Brasil, en ocasiones pasaban semanas allí, sosteniendo largas conversaciones con su hija por celular. Alejandra muy rara vez pedía hablar con sus padres, de vez en cuando era necesario; entonces indiferente oía sus quejas porque dejaba a su hija sola, la consideraban más una hermana mayor y no la madre que debía ser, tan irresponsable era. Había escuchado tantas cosas así durante tanto tiempo que ya no le afectaban, eran un montón de palabras dichas a un oído insensible.

A ella le causaba gracia cualquier cosa que él hiciera y le daba gusto en todo, decía que era una manera para que él se diera a conocer, sin tapujos ni censuras, para revelarse como los viejos amantes que se reencontraban en sus nuevas vidas y debían reconocerse otra vez. Él también dijo, en más de una ocasión en que estuvieron desnudos y recostados en la pieza, que era un poco descuidada por dejar sola a su hija, a lo mejor podían salir con ella alguna vez. En esas ocasiones, Alejandra se vestía sin demora, permanecía sentada en el borde de la cama y no hablaba durante un buen rato. Después se acercaba a su oído y, como si nada hubiera ocurrido, decía que podían ir a comer comida japonesa, era afrodisíaca o alguna cosa así; de nuevo se abrazaban y besaban. Sin embargo, era algo tan bueno que no podía durar. A veces hacían el amor y él apretaba su cuerpo con fuerza, le tironeaba el pelo, ponía las manos detrás de su nuca atrayéndola hacia sí, como necesitando corroborar que en realidad ella estaba ahí.

Fumando en la cama, le dijo a Luna que pensaba que Alejandra nunca le había contado todo, sospechaba que por esa razón inventó la historia del ansiado reencuentro, pues resultaba más fácil fingir que nada sucedió, o como si todo fuera bello y mágico, así no había que dar explicaciones, solo retomar sin cuestionamientos el amor perdido. El silencio que ella guardaba cuando surgía cualquier problema era una huida dentro de sí misma. A veces decía que nada le pertenecía y que no encajaba en ningún lugar, entonces la tomaba entre sus brazos e intentaba traerla de vuelta, abrazándola con fuerza para que no volviera a irse a su región del silencio. Para ella la vida era un sufrimiento y un error, debía inventar un camino paralelo para salir de los desencuentros y las penas, que siempre triunfaban. Al poco rato de lamentarse volvía a estar bien y ahí no había pasado nada, de modo que él nunca entendía qué había sucedido. Luego decía que igual debía luchar, porque a veces podía encontrar algo hermoso, como él, y por algo así valía la pena vivir.

El silencio entre ambos crecía sin posibilidad de ser llenado, así era difícil llevarse bien a pesar del intento de ambos. Ella parecía estar llegando siempre de regreso, cada nuevo encuentro era como el primer día de su relación, el primer sexo en su departamento, como si no hubiera registro del tiempo que habían pasado juntos. Una relación tabula rasa sin principio ni fin, un día nuevo cada vez, al que ella entraba sin preguntar nada.

Él nunca comprendió que ella lo amaba así porque, de lo contrario, ¿cómo habría soportado las vejaciones y excesos a los cuales la llevó? Como siempre, se dio cuenta demasiado tarde. Ella necesitaba un pedazo de tierra firme donde pararse y él no supo dárselo. En ese frenético momento de su vida, aún tenía sueños adolescentes incumplidos y el fantasma de los retornados que sentían no pertenecer a ningún lugar. Víctima de su propia búsqueda y autodestierro, ansiaba regresarla de ese perpetuo vuelo de pájaro que era su vida, pero no le era posible. Solo ahora veía con claridad lo que había sucedido hacía tanto tiempo. Él, que siempre evocaba en secreto el pasado entre ambos, que malamente permanecía en ese pedazo de tierra que llamaban presente y realidad, no podía ayudarla, solo observar a la distancia los silencios que crecían entre ambos. Al igual que a ella, le gustaba jugar a ser los amantes jóvenes que habían sido, sin considerar que ninguno de los dos era ya tan joven. En su relación, la nostalgia siempre estuvo presente, por un tiempo irremediablemente ido del cual nunca hablaron.

A pesar de eso siguieron juntos, a través de la historia negada de desencuentros que cada uno llevaba consigo, como si en el silencio mutuo compartieran sus frustraciones y soledades. Hasta que cierto día se le ocurrió citarla, como siempre, a su pieza del palacio Larraín, pero se fue a su departamento, donde esperaba encontrar a su hija. La sorprendió sola y no le costó mucho entrar en confianza con ella, conversando de cosas al margen de la madre, como música y chicos que le gustaban. En ese momento vio, le dijo a Luna —quien se había subido la sábana hasta el cuello, mientras él preguntaba por qué lo miraba así, sacando conclusiones precipitadas, si aún no llegaba al final de la historia—, que en el fondo buscaba llegar a Alejandra por medio de algo que atravesara toda su vida y la situara antes del silencio que la mantenía aislada. Sin embargo, como siempre en su vida, las situaciones jugaron en su contra y terminó siendo un malentendido de la puta madre. Ella, aburrida de esperarlo, se fue al departamento. Sintió voces y risas provenientes de la pieza de la hija, donde lo había llevado para mostrarle unos dibujos. Frente a la puerta cerrada y sin saber qué hacer, detenida en la repentina confusión —le confesó después—, porque no tenía dudas de que era él quien estaba ahí adentro, Alejandra se sintió doblemente culpable: por él, tras meterlo en todo eso, y por su hija, que quedaría dañada para siempre. Ellos sintieron el leve llanto en el pasillo y cayeron en la cuenta de que Alejandra había llegado. Al abrir la puerta de la habitación, su hija, avergonzada por algo confuso y a la vez claro, solo atinó a encerrarse en el baño, tornando más sospechosa la situación, mientras él salía al pasillo para saludarla, pero lo rechazó. Contrariado, se encogió de hombros y fue a la cocina a preparar dos buenos vasos de *whisky* con harto hielo. Luego le extendió uno a ella, que lloraba a todo pulmón y no hizo ademán de tomarlo. Confundido y sin saber qué decir, él se tomó ambos al seco y salió del departamento. En la calle, recién entendió la película que se había pasado Alejandra, y comenzó a creer que si se hubiera demorado un poco más en llegar, tal vez la hija lo habría seducido, siendo él solo un monigote entre esas dos mujeres que tarde o temprano llegarían a ese rivalidad y desconfianza secreta que existía entre madre e hija y que, en el caso de ellas, tal vez sería más intensa, tras haber vivido durante tanto tiempo con sus abuelos y sintiendo a su madre como una hermana mayor.

Transcurrieron un par de días en que no supo de Alejandra. Cuando apareció por su pieza, ella le dijo que no debió haberse ido, había sido una tonta, pero ahora entendía muchas cosas. Sabía lo que significaba ser madre y no renunciaría a ese papel por nadie. No solo se hizo daño a sí misma, sino también a su hija. No sabía qué iba a ser de ellas, pero tenía claro que no la dejaría sola de nuevo. En cuanto a él, no estaba segura de querer dejar las cosas como estaban, necesitaba a un hombre, no a otro hijo.

Después de darse un largo abrazo, sacarse la ropa y hacerlo muchas veces con furia, como si aquella fuera la última vez, él se quedó dormido; al despertar en la mañana, estaba solo. No quiso buscarla y ella tampoco apareció, supo que la cosa iba en serio y tendría que ser el hombre que ella necesitaba, a pesar de que apenas sabía vivir su pequeña vida de adolescente tardío y de exiliado en su propio país para dárselas de grande. Él, de forma estúpida, no le dijo que, con el gesto de ir a su departamento, buscaba estar más cerca de ella y que necesitaba un poco más de tiempo para empezar a acostumbrarse a estar de veras juntos. Como siempre en su vida, eso que debió pasar no lo entendió hasta mucho después, tras la partida de Alejandra, cuando ya no tenía a quién decírselo ni servía de nada, pero estaba ahí y debía decirlo de todas maneras, porque sí la había querido. Al revivirlo, entendía que las heridas del amor eran las más dolorosas, no quería que pensara que era un cobarde, sino lo contrario, alguien que se daba cuenta de las cosas demasiado tarde y después las sufría durante mucho tiempo. Y cuando probablemente ya nadie se acordara, él aún se martirizaría por el amor perdido, los sueños de lo que pudo ser eran más fuertes que la realidad que le siguió.

De pronto, se dio cuenta de que había largado todo de un solo tiro. Tenía los ojos llenos de lágrimas y Luna lo miraba sorprendida y distante desde un rincón de la cama. Se sintió confundido y avergonzado.

Esa fue la primera vez en el puerto —y la última— que habló con ella sobre su pasado.

Valparaíso tiene un rostro propio, pero su espejo está roto, como una máscara que sale a buscarse cada noche, aunque nada es como parece y la imagen de lo que es permanece irreal e incompleta.

El olor trasnochado de las calles, los autos que sortean a los transeúntes, mientras se lanzan al pavimento confiados en que los autos se detendrán; las vitrinas comerciales mal iluminadas y los letreros resplandecientes de *shows* nocturnos; las putas que no se sabe sin son mujeres o travestis; los quiltros que husmean alrededor de un tarro de basura; los borrachos durmiendo en un rincón oscuro; el silencio que a ratos comprime el ruido; las siluetas de seres moviéndose que, de súbito, son puestos en escena por los faroles; las calles de innumerables pisadas pobladas de fantasmas; un hombre en ademán de pegarle a una mujer, mientras ella hace el gesto de esquivar el golpe; unos tipos que conversan en la pared sombría de una esquina e intercambian algo; un evangélico que a altas horas de la noche anuncia el fin del mundo y demanda penitencias de arrepentimiento; la plaza Sotomayor, una gran explanada y, al centro, la estatua de los héroes del mar con sus afeminadas posturas de combate coronadas por el mártir.

La ciudad se recorre como una larga franja. Después de bajar del gran tobogán de los cerros fragmentados por las quebradas, el Poeta cruza la ciudad mirando a su alrededor y, entre los edificios, contempla las luces de los cerros como guirnaldas colgadas de telón de fondo.

En la entrada al barrio chino se multiplican las luces y los ruidos, los carritos de completos y papas fritas exponen sus alimentos recocidos, papeles llenos de aceite y grasa tirados alrededor. La luz de los faroles forma en los rincones ángulos sombríos, junto al fuerte olor a orina, a mierda; las animitas en un callejón donde alguien dejó una vela encendida; los cuerpos de perros destrozados, de gatos destrozados, el esqueleto de las alas de una paloma; el ruido de música y jóvenes parados afuera de los locales nocturnos, mientras un vagabundo duerme al lado de la entrada de una disco.

La noche es una gran extensión donde corren libres los peligros, la lleva consigo como un abrigo sobre el cuerpo. Su mente, disparada como un cohete, viaja hacia los lugares donde pretende llegar, pero aquello también es un impedimento para dejar que la noche fluya tal cual es.

De pronto, alguien lo llama desde una esquina de la plaza Echaurren. Se trata de un hombre que mueve los pies de un lado a otro, algo humea en su mano. El Poeta ve que a la vuelta del edificio esperan otros tipos. Le pregunta si quiere una fumada del pito, pero él agradece y se aleja, a pesar de que lo sigue llamando, ahora con insultos por no aprovechar la oferta. Conoce los lugares del puerto donde un hombre es capaz de matar a otro por un abrigo, los barrios muy encaramados en los cerros o algunos pedazos del plan como este, donde los dueños de negocios toman la justicia en sus manos y salen con sus armas a perseguir a los asaltantes. Ese no ha sido el sentido oculto de sus días, no tiene por qué acudir al llamado de esa figura que trajo la noche. No quiere ser parte de algún noticiero de mañana, donde aparecerá su cuerpo rodeado de pacos y vecinos chismosos, cubierto por un plástico a falta ya de abrigo. No, no quiere ser un eslabón más de la cadena productiva de los delitos donde vendrá a ocupar el lugar de la víctima, dando pie a que los defensores de la seguridad ciudadana llenen todavía más de alambres de púas y puestos de vigilancia la ciudad que, en gran parte, ya está sitiada.

Alejandra, esa mañana te levantaste de la cama donde yo aún dormía. La primera luz del alba recortaba el marco de la ventana. Imagino que fuiste hacia el resplandor y corriste las cortinas, rozando el helado vidrio con las yemas de los dedos. No empezaba todavía el estruendoso ruido de autos en la calle Cienfuegos, y las luces rojas de las casas de cita, al mirar hacia la Alameda, seguían encendidas.

Apenas se veía el reflejo de tu rostro en la ventana. Debes de haber dormido a sobresaltos, preferías no ver tus ojeras. Tenías que empezar a ordenar tus cosas y marcharte antes de que despertara. Como en una película rebobinada, te viste caminando hacia atrás mientras recolectabas las prendas de los cajones, la ropa esparcida por el piso, debajo de los libros y diarios, recorriendo de espaldas con rapidez y certeza, para luego meter todo en el bolso que habías desempacado hacía tan poco. "Tantas cosas sucedieron para volver al punto cero —probablemente pensaste—. ¿Dónde van a parar todas esas cosas cuando una relación se acaba?". No lo sabías. ¿Quién podría decírtelo? Mejor era no pensar. Tampoco hubo tiempo para una ducha. Por lo demás, el balón de gas se había acabado. No te importaba llamar al repartidor y recolectar la plata entre las otras piezas, tendrían que buscar a otra persona que lo hiciera para tener agua caliente.

Más tarde abrí los ojos y noté la pieza desordenada, pero también más vacía.

Desde la puerta, imagino que surcaste el cuarto con tu mirada por última vez. Los dibujos que hiciste del barrio Brasil pegados en las paredes, la lámpara de alambre con poemas escritos en papel diamante que servían de pantalla, la colección de velas, una caja de música, un tocadiscos, la torre de libros que funcionaba como velador, un paraguas multicolor, un caleidoscopio, un espejo apoyado en la pared y el desorden multiplicado en su reflejo. En ese momento pareció tan lejano el día en que llegaste y empezamos a reunir esas cosas. Esa tarde al caer el sol, ¿lo recuerdas?, recorrimos la larga escalera que se hundía a cada paso hasta el tercer piso y metimos tus cajas. Subimos y bajamos tantas veces, antes de sentarnos en el suelo para un descanso, mientras las campanas de la Basílica del Salvador comenzaron a repicar. El palacete era muy antiguo y el llamado a misa más viejo aún, pero fue para ti una pequeña bienvenida, un nuevo pacto que hicimos entre ambos, abriendo una de las cajas y sacando una botella de vino. Un rápido pestañeo te sacó del poema que escribimos aquella noche, no necesitabas verlo pegado en la lámpara para recordar.

Deseaste no tener que encontrarte con alguien en el pasillo o la escalera. No querías dar explicaciones de por qué salías tan temprano en la mañana, más encima con un bolso (nadie supo a qué hora te fuiste, nadie te vio salir). Si hubiera despertado, tampoco habrías podido decirme por qué te ibas.

Si alguna vez contaba nuestra historia no debía ser triste, sino una que se acabó por sí misma, decías al verme escribiendo.

"Algo debería pasar ahora para no tener que irme —debes haber pensado—, algo que sea más grande y fuerte, que haga olvidar todo lo malo". Sin embargo, nada ocurrió, solo oíste el crujido del piso guateado bajo tus pisadas, antes de cerrar con suavidad la puerta para no despertarme.

El Proa es un bar-disco ambientado como un barco, con pasadizos que obligan a subir y bajar a cada momento, además de recovecos y desniveles por descubrir a la vuelta de una esquina o al cruzar una puerta, pero también semejante a Valparaíso, con escaleras que empiezan y terminan en distintos ambientes, como si se asomaran a callejones frente al mar. Jamás tocan música *techno* aquí, eso es algo que el Poeta agradece. Es un espacio congelado en el tiempo, donde cada noche se reinaugura una vieja canción.

Mila conoce los lugares que el Poeta frecuenta; si no quiere que se encuentren, los evitará. No dejará de salir por estar embarazada; al contrario, puede que con la huida de su lado se intensifiquen sus noches y adquieran mayor desenfreno.

Con un veloz parpadeo vuelve su pensamiento a este momento, a este presente. Se acerca a la escalera y empieza a subir. Percibe el fuego cruzado entre la música del subterráneo y la del piso superior, donde está la pista de baile principal. Termina de subir los peldaños y cruza la pasarela que conecta con la otra ala del local. Se encuentra con una escalera más larga que la anterior, la entrada original de la antigua casa, cuando estaba frente al mar y señores de sombrero y trajes de otra época subían y bajaban por ella. Ahora solo se ven grúas cargando y descargando barcos, ni un pedazo de mar.

El Poeta sigue y la música crece en volumen a cada paso. Es un tema de Emociones Clandestinas, *Un nuevo estilo de baile.* Los jóvenes, con botellas de cerveza en la mano, hablan y ríen fuerte; se sientan sobre las mesas, usando las sillas para acomodar las piernas. Él observa mientras avanza hacia la pista de baile, siguiendo el hilo invisible de la música.

Luego de un rato de oscuridad que parece eterno, las formas comienzan a emerger de las sombras. El ritual del baile revive la noche. Todavía piensa en Mila y en cómo le gusta quedarse cerca de las ventanas más allá de la masa de cuerpos que bailan al centro de la pista, para respirar el aire helado y fresco de la noche, mientras mira las grúas del puerto que trabajan sin descanso. Camina haciendo presión entre la gente y empujando para avanzar, recorre cada una de las ventanas pasando entre los cuerpos. Mila no está. Tal vez fue al Pagano, piensa ahora, un club intersexual apenas a dos cuadras de distancia, aunque duda en ir a buscarla a ese espacio reservado para sí misma, donde comparte con sus amigos que no pueden dejarse ver como son en otros lugares. Quizá se enoje con él y no quiera hablarle, si la fuerza a entablar una conversación. El encuentro con ella debe ser algo casual, solo para saber que está bien.

El Poeta grita a viva voz:

—¡EL AMOR ES OTRA MUERTE!

Sus palabras se pierden entre la música y el ruido de los jóvenes. Aunque nada ha sido dicho entre ambos, no quiere dejarse llevar por la desesperación y la intensa agonía que sigue al término de una relación, y el largo intento de olvido que será como llevar una existencia fantasmal, así que se interna en la pista. Baila su camino hasta la barra, intentando cruzar en línea recta hacia donde emergen botellas y vasos que recogen las sombras de cuerpos a contraluz. La gente a quien empuja se refiere a él como el borracho desubicado que han visto en otras ocasiones, así que dan vuelta la cabeza y olvidan el asunto.

Llega al mesón y pide una cerveza. Las canciones se suceden una tras otra, cada comienzo parece llenar al público de nuevas energías. Si hay que perder a una mujer es mejor que sea con bombos y platillos, no lamentándose al pensar que el amor es corto y el olvido tan largo. "El amor es eterno mientras dura, después no existe, solo nuevos cuerpos que llenarán ese espacio que permanecerá vacío durante un tiempo", piensa el Poeta, al tomarse la cerveza al seco.

Vuelve a la pista de baile y parte con su estilo propio, que consiste en hacer contorsiones con todo el cuerpo sin despegar los pies del suelo. Baila solo, baila con su sombra, baila con los cuerpos alrededor. De a poco olvida por qué está aquí, todo se transforma en movimiento. Empuja a las parejas, algunas le hacen espacio, mientras otras lo miran molestas antes de embestirlo con mirada desafiante. Al Poeta solo le importa mantenerse en continuo movimiento, se tambalea un poco y retoma su ritmo. Necesita el vértigo, el temblor recorriendo su cuerpo, la multiplicidad de imágenes dentro y fuera, bailar creyendo estar al borde del abismo para sentirse vivo, aunque se estrelle sin cesar contra los otros y siga arremetiendo con los ojos cerrados.

En todas partes siente que vibra el constante movimiento, la esencia del hechizo nocturno. En el momento en que se detenga, la magia se acabará hasta convertirlo en un espectador de la música, todo parecerá un gran malentendido, una estupidez vacía y un modo de escapar a la falta de sentido. Se sumerge en el constante fluir de los cuerpos danzando alrededor, para eso ha ido a este lugar; de lo contrario, la vida dejará de ser hermosa y peligrosa, el puerto perderá su encantamiento y pasará a ser un lugar viejo, feo, pobre y maloliente. Nunca le ha gustado ser como esas personas que jamás son poseídas por el conjuro del puerto, y se mantienen de pie en los rincones bebiendo con cara de aburridos. El movimiento perpetuo que produce el encantamiento es algo que demanda complicidad, como leer un libro: se debe creer que todo es cierto y los personajes existen; de lo contrario, son solo palabras sobre una hoja de papel.

Subieron a la pieza olvidada de la casa, donde su ventana confundía la ciudad con la noche, atraídos por el claro nocturno. En sus rayos descubrieron una cama, donde el polvo se acumulaba como edades de árbol.

Con parte de su reflejo descascarado, su marco de madera desclavado y apoyado en una pared ignorada por la luz de la luna, escondido en la oscuridad, un espejo registró sin ser visto su apresurado paso hacia la cama.

Se desvistieron con urgencia y, asomándose por el rayo de la ventana, bajó un murciélago del techo para encandilarlos con sus alas negras a contraluz. Tapándose la vista, acogió su cuerpo recién llegado del vuelo, como a ella entre sus manos.

Vino la voz de ella a pronunciar su parte del pacto, la luna siempre llena si somos uno, y le dio a beber de su sangre. Luego la sangrada tomó su cuerpo negro, y vino la voz de él a decir: "La sangre siempre viva si es de ambos". Y enterró sus dientes en el cuello.

El amor es otra muerte.

Al reemprender el vuelo, llevó algo de ella y de él en sus alas, los iluminados de la noche, resplandecientes como la luz abierta en la ventana. Dentro de su vientre llegaron a dormir envueltos en sus alas, colgados de la viga. Y también ellos, sobre la cama, cayeron dormidos, hechizados sin saberlo, como la primera vez.

Cuando despertaron y volvieron sobre sus pasos, el espejo escondido en la noche, el secreto vigilante, reflejando sin descanso, no presenció los movimientos que hicieron, porque ya no se reflejaban. Volvió la calma a su imagen que nadie vio, levemente perturbada por los rayos de la luna desplazándose por la pieza.

El Poeta ha dejado de bailar, de nuevo empuja su camino a través de los cuerpos hasta llegar a la barra. Busca entre sus bolsillos por si le queda algo de dinero para otro trago. De pronto, un joven se para a su lado e inicia una conversación:

—Te he visto vendiendo libros en el Cinzano. Quiero que sepas que *Los errantes de la noche* es una gran obra poética, me hizo ver la vida de otra forma.

El Poeta hace un gesto forzado para sonreír e inclina un poco la cabeza en señal de agradecimiento.

—¿Quieres que te lo autografíe o algo así?

—No lo traigo conmigo, lo tengo entre mis libros favoritos en mi casa.

—Entonces para otra vez será.

—Gabriel… ¿te llamas así? ¿Quieres que te dé un vale para otro trago? Andaba con una mina, pero parece que se fue y me quedé con él.

Las musas han enviado a un emisario para que no falte la pócima que mantiene el hechizo, aunque debe buscar en sus bolsillos para completar el precio de un *whisky*. El joven quiere conversar, parece un chico salido de un ambiente *techno*, con el pelo embadurnado en gel y una camisa negra, brillante y ajustada, pero ¿qué más da? Está ahí y alaba sus pasos de baile en la pista, dice que conoce al poeta Bavestrello y pueden continuar el carrete en su casa.

—Lo único que me interesa ahora es tomar este *whisky* y escuchar la música.

—El lugar está muriendo, falta poco para que prendan las luces.

Tiene razón. El orden de las canciones es similar cada noche, sabe que falta poco para que enciendan el sol artificial, se rompa el encantamiento y todos se ajusten sus antiguas máscaras antes de dispersarse por las calles.

—¿Todavía me quieres?

—Sí.

—Nunca me lo dices.

—No es necesario, ya lo sabes.

—Sí, es necesario, no lo sé.

—Bueno, ya.

—¿Qué tiene de bueno?

—¿Tienes ganas de pelear?

—Siempre sales con esa. Si digo algo que no te gusta, tengo ganas de pelear.

—Bueno, ya.

—No, nada de bueno ya, no hay nada de bueno en esto.

—Si sigues así, esto terminará mal.

—Me cansé de que si quiero hablar, empieces con tus amenazas.

—No te estoy amenazando.

—Estás diciendo que esto terminará mal.

—¿Sabes? Esta conversación no va para ninguna parte.

—Sí, tienes razón, esto no va para ninguna parte, mejor me voy.

Así terminaba un buen rato entre nosotros, Alejandra. La mayor parte de las veces huías a casa de Consuelo para quejarte de lo malo que era contigo, y ella no perdía la ocasión de echarle leña al fuego y desprestigiarme más de la cuenta. No sabía de ti durante días, después volvías a verme como si nada, hasta que venía la próxima discusión. No sé en qué momento eso se estableció entre los dos, pero una vez que empezó no pudimos manejarlo. De ahí a todos los malentendidos, excesos y perversiones a los que llegamos —como ilusas formas de reparación— hubo solo un paso. Nos quedamos fuera de nuestra intimidad, aquello por lo cual creamos un espacio distinto del resto del mundo.

Entre los silencios y las discusiones, a veces conversábamos y te contaba sobre aquello que intentaba escribir. Sin embargo, la mayor parte del tiempo me recriminabas por tener que mantenerme, y yo gritaba de vuelta que eras una maldita asalariada. Salías temprano en la mañana para cumplir con un horario de esclavos y creías que podías tratarme mal, imaginando que tú sí vivías mientras, de seguro, yo hablaba de una supuesta vida. Sí, está bien, pagabas las cuentas y el alquiler, pero ¿por qué no entendías cuando me venían ganas de mandar todo a la cresta, de hacer cualquier cosa menos escribir, de ser distinto, de preguntarme en qué momento tomé el camino equivocado y quedarme por mientras escribiendo a la espera de no sabía qué? Un destino me había elegido, debía seguir actuándolo hasta el final del guion. Así pasaba las horas después que te marchabas, sin dormir, pensando en qué iba a hacer con mi vida. Claro que podía dejar que todo se fuera a la mierda y sorprenderme un día mirando hacia abajo desde un edificio antes de saltar. Estabas tan ocupada arreglándote para cumplir con tu oficina de arquitectos, tu planificación urbana, tus materiales de construcción y las clases de teatro junto a Consuelo después del trabajo, pasar a ver a tu hija tarde, mal y nunca, que no te importaba lo que fuera de mí. Entonces, cuando estabas a punto de ponerte a llorar por los insultos, te tomaba por asalto, quitándote el traje de dos piezas y te amaba, a través de ese cuerpo desdoblado que era yo, ese cuerpo que amaba a pesar de mí, como un texto inacabado que a mi muerte quedaría concluso, encerrado en las palabras por siempre, penando en los lugares que malamente habité, disociado por arte y magia de la creación de un mundo propio, distanciado de la verdadera vida, pensaba a veces antes de acabar dentro de ti.

Mientras te vestías y peinabas el pelo enmarañado, me sentaba frente a la pantalla. Lleno de nuevas energías, sentía que en el texto se restituía el orden, para que todo fuera como estaba previsto, hasta el final del guion.

El joven se llama Rafael y tiene un Volvo rojo último modelo. Dice que es muy temprano para terminar el carrete, agrega que lo que más le apesta de las mujeres es que hacen escándalo por todo, aludiendo a quien antes lo acompañaba y lo dejó botado. El Poeta pregunta si existe alguna mujer que no haga escándalos; sin esperar respuesta, añade: "Eso hay que darlo por descontado, aunque no es por las mujeres ni por nadie: es lo que hemos hecho del amor".

Rafael enciende el motor y parten de inmediato. Da una vuelta en U atravesando las cuatro pistas de Errázuriz para tomar la calle Clave, luego acelera y dobla hasta hacer que el auto patine. Les hace el quite a unos peatones, pasa delante del edificio gris de la Armada y gira por la calle de los tribunales en dirección a cerro Alegre. Cambia de canción mientras conduce: Seal, George Michael, Lisa Stanfield. Con música así, el Poeta no sabe qué hace en ese auto. Pensó en detenerse en el Pagano por si Mila estaba ahí, pero ha quedado atrás. ¿Dónde estarán los errantes de la noche? ¿Qué sendero del oscuro laberinto de calles habrán tomado?

Suben el cerro con la música a todo volumen y toman una calle detrás del Hospital Alemán. Se internan por el estacionamiento de una casa de dos pisos con reja. El Poeta dice que no parece una casa de Valparaíso, más bien de Viña del Mar. Rafael responde que la arrendó junto a unos amigos para tener un lugar donde hacer lo que quieran. Abre la reja, entra el auto y vuelve a cerrar, mientras unos perros ladran detrás del portón del garaje.

Una vez cruzada la puerta, Rafael enciende una lámpara de piso, señala el *living* y, a través de un largo ventanal, se asoma la bahía. El Poeta se sienta en un sillón de terciopelo blanco y nota que en las paredes cuelgan cuadros al estilo de Andy Warhol. Rafael regresa con dos botellas de cerveza y vuelve a dejarlo solo. El Poeta, incómodo, escucha que habla en voz baja con otra persona y se pregunta qué cresta hace en esa casa. Le ha sacado el rollo sexual a Rafael e imagina la embarazosa escena de pelear con dos tipos para no terminar con alguien embistiéndole por detrás.

Rafael regresa al *living* con un pito de marihuana encendido, fuma un poco y se lo extiende antes de volver a irse. "Debe haberle pedido el pito a su amigo, por eso conversó con él", piensa el Poeta para tranquilizar sus ánimos, en lugar de continuar sugestionándose con lo que pueda ocurrir.

Apenas regresa al *living*, esta vez solo provisto de calzoncillos, aquella explicación a la ligera se esfuma de golpe. Rafael se sienta en un sofá, le pide el pito y fuma otro poco, antes de levantarse de nuevo para pedirle que después vaya a la pieza. Hace gestos bruscos, como pretendiendo ser muy macho, algo que antes no le ha visto. "Quizá algunos tomen alcohol o drogas para arrancarse el envoltorio del cuerpo que durante el día se pega como una costra", piensa, a propósito del cambio de actitud.

Rafael lo deja solo de nuevo, mientras se le vienen a la mente imágenes de hombres corpulentos sujetándolo para evitar que se zafe, turnándose para darle por detrás, y la imagen se transforma en él mismo: el Poeta agachado y Rafael dándole por el culo, mientras el amigo espera su turno. Pase lo que pase —como si ahora fuera un arma— se propone no soltar la botella de cerveza.

Lo que puede llegar a ser una noche. Como un ingenuo cordero ha venido a visitar la madriguera de los lobos. No le molesta ni le importa la orientación sexual de Rafael, solo el modo en que lo ha traído hasta su casa. Su preocupación se disipa ahora que comprende la situación. "Bah —se dice—, todo va a estar bien, es un malentendido más de los tantos que he vivido". Ríe porque le vienen las ganas, siente curiosidad por cómo se desatarán los acontecimientos.

Se pone de pie y avanza hacia el pasillo, antes de asomarse a una pieza. Rafael está tendido sobre la cama y con las manos cruzadas detrás de la cabeza, la oscuridad circundante resalta sus calzoncillos blancos. El Poeta dice que se va y pide que abra la puerta en un tono amable, simulando tener control sobre la escena. El aire está cargado de una extraña agresividad, pero mantendrá la máscara de las apariencias que ha propuesto Rafael. No vuelve a mirar hacia la pieza, espera a que salga al pasillo.

De repente, se siente muy mareado y trata de no desfallecer. Percibe las imágenes fuera de foco, duplicadas aunque más tenues, y sus movimientos empiezan a tornarse lentos, retardados. Efectos del exceso de marihuana.

La cama cruje y Rafael aparece en el pasillo. Cuando abre la puerta de la casa, el Poeta le pide un cigarrillo. Simula una despedida más amable, y no el mal rato que el anfitrión ha tramado en su escondrijo.

Una vez frente a la reja, Rafael no le saca los ojos de encima e intenta convencerlo para que no se vaya. Acercándose y sonriendo, le dice al Poeta que debería tenderse un rato a descansar, es tarde y ambos están un poco borrachos, por decir lo menos. Además, ¿cómo va a saltar la reja? Ahora que no sabe dónde ha puesto las llaves. El Poeta se tambalea un poco por el mareo, pero piensa en el otro tipo que espera adentro y en los perros ladrando a su espalda, así que aprieta con más fuerza la botella. No importa, se las arreglará. Le da la mano para despedirse, como dos caballeros que compartieron de forma amigable una parte de la velada y deben retirarse a sus casas.

—¿Me vas a dar el cigarrillo?

—Sí, claro, voy adentro a buscar uno.

Rafael regresa con los cigarrillos y un libro, que resulta ser *Los errantes de la noche*. Se lo extiende sin decir palabra junto con un lápiz. El Poeta lo toma, abre una de las primeras hojas y escribe:

Para Rafael, hijo de puta.

Se lo devuelve y Rafael lee con tranquilidad la dedicatoria. Luego le ofrece un cigarrillo de la cajetilla y prende en llamas el libro con un encendedor, acercándoselo para darle lumbre. El Poeta sonríe y enciende el cigarrillo sin inmutarse. Rafael arroja al suelo el libro, el cual sigue consumiéndose en el fuego.

—¿Por qué te vas?

—Porque sí.

El Poeta no siente que deba dar más explicaciones. Ha vivido al límite desde hace mucho tiempo, en el día a día, haciendo lo que se le ocurre en el momento y cambiando de dirección solo porque le dan ganas. "Porque sí" es una de sus respuestas más comunes, en el "porque sí" encuentra una última gran verdad que no da pie a más preguntas. Por lo demás, le importa un carajo el destino de un libro, de todos sus libros; como ahora, en cualquier momento podrían tornarse con tanta facilidad cenizas. La poesía es otra cosa, no un libro.

Arroja la botella de cerveza al suelo, se encarama sobre el techo del auto y esto desata la alarma. Con el cigarrillo en los labios sube a duras penas la reja, se yergue entre las puntas de hierro y salta hacia el otro lado. Cae rasmillándose las manos y se tuerce un tobillo, pero está afuera. Rafael lo observa desde el jardín, mientras empieza a alejarse cojeando.

El ruido de la alarma se disipa a medida que desciende el cerro. Va de nuevo hacia la noche, en busca de lo que aún puede acontecer. La noche como el último paraje donde se desatan los deseos y pasiones más ocultos, y nadie sabe lo que sucederá. Camina por un sendero rodeado de oscuridad y las sombras lo acechan desde sus rincones más negros; sin embargo, avanza lleno de vitalidad y decisión hacia la aventura, inmerso en la alegría.

Consuelo permaneció en las sombras, a veces emergía de la oscuridad para interponerse en nuestra relación, y de cuando en cuando era yo quien le cedía un espacio a cambio de otros favores. Consuelo esperaba que fuéramos como los amigos de su mesa de Las Lanzas, unos títeres a quienes podía manejar a su antojo, pero nosotros dejamos de ir y ella empezó a venir a nosotros.

Ya no era celoso. Alguna vez dije que podías tener un amante, en tanto no se convirtiera en alguien más importante que yo. Era una toma de posición que supe innecesaria desde el comienzo, era muy improbable que sucediera. Creías demasiado en tu fantasía del amor para permitirte una aventura. Yo era tu aventura (el tiempo lo aclaró), un desliz que no influiría en tu vida posterior, algo de lo cual nadie, aparte de las pocas personas que nos acompañaban, se enteraría.

En algún momento comprendí por qué estabas conmigo: yo era el rompimiento de ataduras y la vida distinta que necesitabas en ese momento, un *affaire* transitorio para una mujer que aspiraba a más, pero se había quedado sola, y cuya vida no tenía, de momento, ningún sentido. Para ti era más un recuerdo que alguien a tu lado. Lo que hiciera yo —el verdadero— no importaba demasiado: usufructuaba de la imagen idealizada de mí mismo que habías guardado. Sin embargo, la ceguera del encantamiento no podía durar, y Consuelo se encargaba de acelerar el proceso.

Ella se había instalado por siempre entre nosotros, y yo me dejaba atrapar por mis suspicaces apreciaciones. Aquello fue muy patente la noche que invité al Gato a nuestro "nido de amor". Lo llevé a vivir a una de las piezas del palacio Larraín para coordinar mejor una supuesta revista literaria que jamás se concretó, y terminamos muy borrachos. El Gato, como tu voyerista, dio pie a que me desbandara. Cuando irrumpiste en la pieza tras regresar de tus clases de teatro, me di cuenta de que te miraba de forma constante. Entonces te traje hasta nosotros y empecé a sacarte la ropa. Al principio lo tomaste como un juego y me seguiste la broma. Te desabroché los botones mientras miraba al Gato, quien no despegaba la vista. Aparecieron tus senos, el pezón grande que se marcaba con nitidez en las blusas *hippies* que usabas sin corpiño cuando estabas conmigo. El Gato siempre te miraba cuando nos topábamos en el pasillo, era demasiado amable contigo, pero en ese momento quise ver qué hacía al tener tus senos a mano. "Tonto —decías—, no sigas con esto", pero el Gato empezó a agarrarte. Nos miramos riendo, le dije que se montara sobre ti y te lo hiciera. Entonces reíste para pedir que saliera de la pieza, después me llamarían. De pronto ordené que te callaras, yo ponía las reglas. Dejé de reír y te abrí las piernas con brusquedad, sosteniéndote los brazos, antes de exigirle al Gato que se pusiera encima de ti. Intentaste morderme las manos, gritabas que me había vuelto loco y pedías que te soltara. El Gato debe haberse asustado, porque salió de la pieza.

—¡ERES UN MALDITO CALENTÓN PERVERTIDO —grité hacia el pasillo—, CAPAZ DE VIOLARTE A MI MUJER DELANTE DE MÍ!

Al volver a la pieza, mientras llorabas en el piso, te dije unas cuantas verdades:

—¡Eso te pasa por andar coqueteando! ¡La próxima vez que te pille le rompo la cara a él y a ti!

Salí a tomar una cerveza a la plaza Brasil para calmarme un poco; cuando regresé, no estabas. Seguro fuiste a llorar tus penas donde Consuelo. En los días que siguieron, no hablamos del asunto y las cosas se fueron calmando. Una tarde me topé en la escalera con el Gato y le pedí disculpas, no sabía qué había pasado, lamentaba haberlo involucrado en una discusión contigo. Luego de eso, lo invité a tomar unos tragos a nuestra pieza alguna noche, podía llevar a su novia si quería. Respondió que nos avisaría cuándo, antes de despedirse rápido y subir a encerrarse.

Como nunca nos visitó, fuimos a verlo una noche con botellas de vino en las manos, e invitamos a Consuelo. El Gato se entusiasmó y salió a llamar desde un negocio cercano a su novia.

—Le dije que me mandaron con trabajo a la casa, así no se dejará caer de sorpresa —nos contó el Gato riendo.

—Algo te traes entre cejas, si andas inventando historias.

El Gato se ruborizó un poco ante tus palabras y sonrió, mientras Consuelo se sentaba a su lado sobre la alfombra. Le dije a ella, en tono de broma, que tuviera cuidado con su escote. Durante la velada hablamos de teatro y literatura, pero el Gato permaneció callado. Yo hablaba como si tuviera varias obras publicadas, y a ti te molestó que criticara tanto a otros escritores. En algún momento, el Gato dijo que tenía que trabajar al día siguiente, mientras yo llevaba más y más vino de nuestra pieza.

Cuando hubo muchas botellas vacías, entre besos y caricias, de nuevo te empecé a sacar la ropa.

—¿Sabes? No me gusta mirar sin hacer nada —escuché decir a Consuelo.

Miré de reojo al Gato y no lo pensó dos veces: le dio un beso y metió su mano debajo de la blusa sin corpiño.

De pronto, Consuelo se zafó de aquellos brazos para acercarse al rincón de la alfombra donde te tenía desnuda, Alejandra. Me dio un beso y luego bajó la cabeza para lengüetearte los senos. Vi que el Gato hizo el gesto de acercarse a nosotros, pero se contuvo. Riendo, le dije que no se preocupara, no iba a manosearlo. Se limitó a mirarnos retozar. Consuelo se tendió sobre la alfombra y hundí mi rostro entre sus piernas, mientras te montabas sobre su cabeza. Fuimos cambiando de posiciones, chorreando nuestros cuerpos con vino y lamiendo los cauces que se formaban. El Gato bebió tranquilo de su vaso mirándonos, esperando que termináramos para acostarse.

Fuiste la primera en lanzar un intenso grito de placer, Alejandra. Luego te desprendiste de nosotros para permanecer inmóvil sobre el piso. Mientras tanto, me monté sobre Consuelo y la penetré. Seguimos jadeando y dando fuertes alaridos incluso después de alcanzar el orgasmo, luego nos separamos para acomodarnos junto a ti.

—¿Saben? Me tengo que acostar.

Escuché la voz del Gato como a lo lejos. Ninguno de los tres respondió. Estaba tan agotado que no atinaba a actuar. Entre sueños sentí que una manta caía sobre mí y me cubría, como un peso enorme que no dejaba que me levantara. De súbito, el mundo se oscureció y no supe más.

Es tarde y quedan pocas horas para que el sol se levante. El Poeta baja del cerro Alegre por la calle Templeman, luego toma Papudo y desciende por un largo pasaje en forma de escalera estrecha que da a Urriola y está atestada de perros chicos que ladran sin cesar. Camina un rato por Esmeralda y llega a la plaza Aníbal Pinto, donde entra a un local frente al Cinzano que ha bajado sus cortinas metálicas. Es un lugar que siempre cambia de nombre, ninguno dura más de una temporada y por ahora, por esta noche, se llama Mar y Mar, como mañana podrá llamarse El Café del Poeta.

El Poeta se dirige a la barra y compra una cerveza. Hay un burlitzer y, cerca de la máquina, una chica baila mirando su sombra. Va hacia ella y se pone a bailar enfrente. Siempre le han molestado esos tipos que acosan a las chicas que quieren bailar solas, pero necesita un cuerpo que lo lleve hacia otros, una mujer ensimismada que lo ponga en contacto con un remoto oráculo que lo regrese a la senda de búsqueda que tenía para esta noche.

Cubre un trozo de su sombra, de ella que tiene casi todo el rostro oculto por el cabello, además de los ojos cerrados, como mirando hacia otra parte, hacia un interior donde todo se mueve igual que afuera, pero en otro tiempo. A través de sus sombras entrelazadas, el cuerpo de la muchacha lo envuelve, lo transporta al trance que necesita y avanzan el uno sobre el otro mezclando pies y brazos, entra en su espacio como si entrara en ella. Ninguna de las sombras parece tener contornos fijos ni definitivos, sino intersticios, ángulos rotos, estallidos de extremidades, una masa amorfa que lucha por liberarse en contorsiones que van y vienen.

La música se detiene. La chica abre los ojos y lo mira entre sorprendida y con un dejo de desprecio. Atraviesa el local hacia una mesa donde la esperan y, una vez allí, lo observa y ríe junto a sus compañeras. El Poeta no tiene ganas de acercarse y entablar una conversación con la verdadera chica, debe ser una de esas pendejas de si-te-veo-de-nuevo-no-te-conozco. Sin embargo, la necesitaba (o a su sombra) como pantalla hacia su propio interior para recuperar la ruta perdida. Abandona el local hacia esa noche que da sus últimos gritos de agonía, creyendo saber hacia dónde dirige. Mira hacia arriba, al Hotel Brighton en la punta del cerro Concepción sobre el Cinzano, iluminado por focos que destacan su arquitectura victoriana pintada en tonos ocre. Debió pasar por ahí cuando descendía del cerro, quizá habría vendido algunos libros a turistas bohemios como otras noches; lo piensa ahora que se le acabó la plata. Todavía es posible, aunque poco a poco empiece a aclarar y el sol aparezca pronto.

—Ándate a la cresta, no quiero saber más de ti.

Dijiste eso una mañana, Alejandra, mientras me penetrabas con una mirada de odio que nunca te había visto. No tenías razón para apurar las cosas; de todos modos, poco quedaba de mí, si esperabas un tiempo verías que terminaba por pudrirme solo.

—¡Te lo advertí, no aceptaré que vengas a criticarme y tratarme mal! Crees que lo sabes todo y soy una pobre infeliz, solo porque tengo que trabajar como todo el mundo.

Quizá exageré al llamar a los asalariados fantasmas y decir que yo era el único vivo entre ellos. Mientras los otros se dejaban corromper, aceptando trabajos e ingresando a la cadena de esclavos del dinero, a mí no se me ocurría siquiera comprar algo. Nada del consumismo me gustaba, los llamaba fantasmas por eso, porque cobraban vida a través de los objetos que compraban, eran invisibles si no tenían plata. Ese era el orden de sus vidas, sabía que jamás se preguntarían si en alguna parte les tomaron el pelo.

—¡Me cansé de ti! ¡Te las arreglarás solo de ahora en adelante!

Te enojaste tanto porque dije que los vagabundos eran los únicos que valían la pena. A veces los acompañaba fuera de la Basílica del Salvador donde se congregaban en las noches, después de un día de recolección de objetos inservibles por distintos barrios. Se abastecían con unas cuantas cajas de vino barato, juntaban trapos, revistas y diarios viejos para encender fuego a un costado de la puerta principal y resguardarse de la noche. Pocas veces hablaban entre sí, era suficiente con estar juntos, pasarse la caja de vino, cuidarse de los asaltantes, protegerse del frío acercando sus cuerpos, envolviéndose en diarios y harapos. Antes de tirar las hojas a las llamas, les gustaba ver las revistas de las grandes tiendas, donde publicaban electrodomésticos y ropa *sport*. Ese era uno de los escasos momentos en que compartían entre ellos. A veces también se comportaban como fantasmas, deseando lo que no podían tener. Los miraba contrariado cuando me mostraban las páginas, sonriendo sin responderles.

Asegurabas que no era como ellos, quienes no tenían más que la calle. Creías que hubieran querido ser normales, tener un trabajo y una cama donde dormir, en lugar de un rincón afuera de una iglesia. Si tuvieran la oportunidad de tener a una mujer la cuidarían, no como yo que la desechaba, decías.

—¡No te das cuenta de que eres igual al resto, solo que peor, porque te gusta contradecir todo! ¡Y aquí he estado no sé cuánto tiempo tratando de ayudarte, mientras tengo a mi hija botada, soportando tus humillaciones y perversiones sexuales…!

No quise escuchar más, así que me puse algo de ropa y salí de la pieza sin cerrar la puerta, bajando rápido las escaleras. Caminé por la calle Cienfuegos hasta la avenida Huérfanos y maldije a viva voz a los autos que no se detenían. Era la hora en que los asalariados iban a sus trabajos, andaban como enajenados corriendo por las calles. Me senté en un banco de la plaza Brasil y pensé en las grandes preguntas que coronaban la estupidez: ¿qué haría con mi vida? ¿Iba por buen camino? No duró mucho rato mi reflexión, ya que del bar frente a la plaza me llamaron unos estudiantes que estaban sentados en la terraza bebiendo. Fui a su encuentro y pidieron otro vaso para mí.

El bar La Unión siempre estaba lleno de jóvenes vestidos de *hippies*, los estudiantes de las universidades privadas del barrio que tomaban desde la mañana en lugar de ir a clases. Otros me saludaron para invitarme a sus mesas, así que les extendí el vaso para que lo rellenaran. Me llamaban el Filósofo, porque me gustaba hablar de temas rebuscados en forma alambicada. Tomé al seco todos los vasos que me ofrecieron y se aceitaron las bisagras de mi gastado cuerpo; de nuevo me sentí feliz. Lo mejor de la vida eran los amigos, gente solo para disfrutar sin caer en críticas ni escenas.

Me quedé allí un buen rato. Algunos se iban, pero llegaban otros estudiantes y cambiaba de mesa. A veces tenía que actuar el personaje del Filósofo, hablar con artificios y recitar fragmentos de textos que inventaba, para que mantuvieran el interés en mí y compraran más cerveza. No oía sus conversaciones, observaba el caminar de las moscas que frotaban sus patas sobre los manteles de plástico, tan pegajosos que costaba despegar los brazos de las mesas.

En cierto momento, la señora que atendía se acercó a cobrar y pasó un paño mojado sobre el mantel. Las moscas volaron y tuve ganas de irme.

—Vamos a cerrar a la hora de almuerzo, chiquillos, así que tendrán que ir a tomar a otra parte.

Miré hacia la plaza donde el sol inauguraba la tarde, se desprendía con lentitud de las hojas en su rumbo hacia el oeste. No supe en qué momento me levanté sin despedirme y salí, de pronto estaba en el sendero entre los árboles. Dejé atrás la plaza y caminé muchas cuadras, acorté a través de *cités*, crucé calles llenas de autos que tocaban con insistencia las bocinas, hasta llegar al límite de la ribera del Mapocho. Contemplé un rato las crestas arremolinadas donde el agua parecía no correr, para luego desprenderse de los nudos espumosos en su incesante flujo hacia el mar. Pensé que todo iba a estar bien, como el personaje de "Llorar orillas del Mapocho" de Monterroso; arruinado como él lo estuvo, todo iba a estar bien.

Seguí el cauce del río bordeando el parque Forestal. Iba por el sendero otoñal de plátanos orientales, sumergido en una atmósfera de irrealidad. Mis certezas se esfumaban con una apagada aceptación sin sorpresa, mientras caminaba por Santiago absorto y taciturno, viendo el día vaporizarse, un día tan etéreo que quizá nunca existió. Hubiera querido pensar como un tipo calculador que no puede darse el lujo de perder a la mujer que lo mantiene, así que agacha el moño, pide perdón si es necesario y siguen adelante.

Me encontré frente al Museo de Bellas Artes. Después de titubear durante un momento, decidí entrar. Le dije a la cobradora de la ventanilla que era un estudiante sin dinero y que por favor me dejara pasar, tenía que hacer una tarea y pondría en mis agradecimientos a los trabajadores del museo por ayudar a enraizar la cultura. Con gesto resignado, le indicó al guardia que me dejara pasar, pero él no se mostró dispuesto al principio.

—Si ustedes los estudiantes no se gastaran la plata tomando, tendrían para hacer otras cosas.

Agradecí el consejo del maldito resentido y aseguré que lo transmitiría a mis compañeros. Tanto trámite para entrar al cementerio de las artes. Subí la escalera que daba al salón principal y contemplé una escultura llamada *Germinal IV*, de

Sergio Castillo (1995), hierro forjado. Un instante después me percaté de la secuencia, en la cual una serie de esferas se abrían para contemplar otra esfera en su centro, que a su vez estaba en proceso de abrirse, una infinita germinación al revés, en que nacía el centro en lugar del esperable crecimiento expansivo. La habría titulado *Esferas rotas en involución*.

Seguí recorriendo el salón. Marcelo Romagnoli, *Puente* (1999), roble y olivillo. Dos figuras se entrelazaban hasta conformar una mesa, dos cuerpos que se inclinaban el uno hacia el otro y se abrazaban por la espalda, quedando pegadas las cabezas, mirándose los pies si es que se miraban, como dos caballos que pastaran sobre sí mismos. Título que le habría dado: *Sostén humano sin humanos*.

De la muestra permanente, hacia el *hall*: Horace Daillion, *Le Rocher et la Mouse* (1910), mármol, adquirido por el museo en la Exposición del Centenario. Mármol rosa que llevaba el nombre de la obra inscrito en su base. Una figura informe de la cual se detallaba la cabeza y las manos de un viejo, mientras en su regazo, que no se sabía si era una piedra o el mismo viejo a quien pertenecían la cabeza y las manos, dormía una musa. Título personal: *Mármol viejo con detalle de mujer desnuda*.

De pronto, apareció una estatua de carne y hueso en actitud de tapar con las manos un supuesto sol. La estatua se empezó a reír. Era Consuelo, transformada en parte de la exposición.

—Te seguí desde la plaza Brasil. Alejandra dijo que te ibas a tomar a esas *schoperías* ordinarias. —Consuelo desarmó su postura de estatua.

—Es lo que le alcanza a un desempleado. —Me acerqué para saludarla con un beso en la mejilla.

—Un cafiche, querrás decir… No venía por estos lados desde que me traían obligada en los paseos del colegio. —Miró a su alrededor—. Bueno, nada ha cambiado desde entonces.

—¡Silencio! Hay que mantener una actitud de recogimiento y contemplación. —Apunté hacia el guardia—. Estamos en la tierra santa de las artes.

—Si gente como tú pagara la entrada, quizá con el tiempo podrían renovarse… ¿Por qué no has ido a verme?

—No tengo ganas de salirme de nuevo del libreto, quiero ser solo para Alejandra.

—Más que solo para Alejandra, lo seguro es que te quedes solo sin Alejandra.

—Eso está por verse.

—Bueno, cuando quieras déjate caer por mi departamento. A mí me aburre esto. —Fingió el gesto de bostezar—. Sigue contemplando, parece que sirves más para este mundo muerto que para vivir la verdadera vida.

Después de ese inesperado encuentro, intenté continuar mi paseo. No quería pensar en las palabras de Consuelo ni en por qué me había seguido hasta allá. Prefería no pensar, para eso había entrado, para desentenderme de todo aunque fuera un rato. Unos cuantos turistas extranjeros, a pesar de sus grandes cámaras, cumplían obedientes la indicación de no sacar fotos. Sentí una gran distancia con las obras debido a la solemnidad que exigía el recorrido, como si existiera una separación insuperable entre esos objetos llamados arte y yo. Parecía que, de pronto, era un astronauta observando cráteres y rocas en la luna. Me pregunté: ¿por qué se detallan los materiales de los cuales fueron fabricadas las obras?

Salí del museo sin mirar al guardia ni a la cobradora. Caminé por el parque Forestal hacia el oeste siguiendo el sol. Tenía que hablar contigo, Alejandra. Aunque estuviera dolido porque no valorabas lo que hacía, quizá tenía que ceder un poco y decir que tenías razón, buscaría un trabajo, dejaría de tomar tanto y cosas por el estilo. De todos modos, no me gustaba estar ocioso, tenía miedo de caer de forma definitiva en un hastío imposible de rescatar, de permitir que el precario estado provisorio en que estaba socavara por completo mis días.

Llegué a la Estación Mapocho y tomé por una calle hacia el barrio Brasil.

El encantamiento tiene su tiempo contado, la noche se precipita hacia el fondo negro de las aguas, pero aún quedan restos de oscuridad y el Poeta los seguirá hasta el final. Todavía no llega el momento en que devela su verdadero sentido, el instante en que las máscaras caen y los seres nocturnos muestran su otro rostro, el de día, cuando la aurora resta poder al encantamiento, las costumbres nocturnas se desvanecen y se esparce sobre los habitantes de la tierra prometida una sensación de soledad y desconcierto. En esos momentos el Poeta se aferra a las palabras como el maníaco a la droga, como ha dicho Teillier, y se erige sobre la piedra más alta para entregar el mensaje que perpetúa el mito y la imagen.

A veces deja pasar el momento propicio, envuelto en algún romance pasajero o atrapado en el frenesí de la embriaguez. Entonces la noche decae de forma inexorable y nadie puede rescatarla, todos se marchan un poco tristes y contrariados a sus moradas. El Poeta tiene poder sobre lo que hace con su tiempo, guardándose o no de entregar su mensaje. Si se encuentra bajo los efectos de la inspiración, busca la cima más alta disponible, la cual puede ser un escenario, una silla o una mesa, y no hay quien lo detenga. En ese instante se atribuye una autoridad que nadie sabe de dónde le viene ni en qué se sustenta, pero ahí está, impregnando sus palabras y gestos.

Las imágenes que el Poeta evoca no siempre coinciden con la realidad. Es como un quijote, le atribuye un sentido mágico a lo que le sucede, ve lo que otros no pueden. Dice estar bajo un encantamiento, así comprenden los demás algo que él vive en forma natural. De ese modo, sus visiones parecen una metáfora, una realidad imaginada, y eso no perturba a los otros.

En un poema, Baudelaire habla de la embriaguez en los mismos términos:

Hay que estar ebrio siempre. Todo reside en eso: esta es la única cuestión. Para no sentir el horrible peso del Tiempo que nos rompe las espaldas y nos hace inclinar hacia la tierra, hay que embriagarse sin descanso.

Pero ¿de qué? De vino, de poesía o de virtud, como mejor les parezca. Pero embriáguense.

En lugar de embriaguez, el Poeta prefiere hablar de encantamiento. Son los brebajes o pócimas los que mantienen e intensifican el conjuro, pero no lo crean. Vivir bajo un encantamiento es lo primero para ser un verdadero poeta, después la escritura de poemas llega sola.

Aquella noche en que empezaron las otras, en este cuerpo mío que tuvo que seguir sin el tuyo, extravié las llaves y toqué el timbre.

—Hola, Gato. Gracias por venir a abrirme. Traigo esta *caleta* que enterré el otro día en la plaza, casi me pillan los pacos.

—No, no quiero fumar, pero no me molesta si quieres hacerlo. Acompáñame, tengo algo que contarte.

Entramos a su pieza. Me senté sobre la alfombra, abrí el paquete y empecé a moler las hojas secas.

—Me gustaba más como eras cuando estabas solo. —El Gato esgrimió una leve sonrisa.

Mi mente estaba un poco enturbiada, Alejandra. Pensaba en que tú y el Gato se vieron en su pieza y lo hicieron un par de veces.

—Parecía que ibas para alguna parte, que tenías un gran futuro por delante. No sé qué te pasó, pero cambiaste.

—Es que me cuesta entender que la gente pueda existir si no estoy presente.

Lo habías dicho, no sabía si para vengarte o porque era verdad. De todos modos, ocurrió durante una discusión en que estabas enrabiada, me gritaste que habían estado juntos y ni siquiera hablaron de mí. Ese juego partió siendo mío, pero siguió su curso. Cosa curiosa y evidente, seguían vivos sin que pudiera controlar la situación. Pero, claro, si quería jugar a Dios debía aceptar que cometieran pecados. Lo mejor era terminar de enrollar el papelillo y darle lumbre.

—No creo que sea por Alejandra que cambiaste tanto.

No, claro, las cosas no empezaron a ocurrir por ti, cuando dejaste a tu hija por seguirme y nos convertimos en vagabundos bajo techo, viviendo lo que no pudimos antes. No acepté seguir trabajando por un miserable sueldo, así que conseguí un dinero de adelanto por los avisos publicitarios para la revista de literatura que íbamos a sacar con el Gato, pero terminé bebiéndome la plata. Hacía mucho que había empezado a olvidarme de mí mismo y de quienes se relacionaban conmigo, incluyéndote, Alejandra.

Prendí el pito y le di una larga bocanada, manteniendo el humo en los pulmones.

—Alejandra vino por la tarde a buscar sus cosas y despedirse de mí.

—Supongo que no dejaste mal parado al Palacio de la Risa y le diste una buena despedida. —Solté el aire con un profundo suspiro.

—No sé de qué estás hablando, pero me imagino que no de lo que creo. No estarás pensando que ella y yo …

—¿Y por qué no? Total, yo mismo te di la pasada una vez, no la aprovechaste… al menos no en esa ocasión. —Entrecerré los ojos, escudriñándolo.

—Mira, no quiero seguir hablando de eso. Te dejó estas llaves y algo de plata.

—Acepto las llaves para sacar mis cosas, pero la plata te la puedes quedar… como pago por tus servicios. —Adopté un tono irónico.

—No eres gracioso y me das pena. ¿Sabes? Hubo un momento en que creí en ti, pero después me di cuenta de que siempre terminabas por arruinarlo todo.

—¡Justo lo que necesitaba, un sermón! ¿Que no se pueda fumar un pito tranquilo en ninguna parte? —Miré hacia la ventana.

—Nada te hizo cambiar, ahora me da lo mismo lo que hagas.

—Bueno, como te da lo mismo, puedes irte a la misma mierda junto con todos los demás.

Me puse de pie y salí de la pieza. Terminé de fumar en el pasillo, mirando por las ventanas de la galería al patio interior del palacio Larraín. En el primer piso se veía a una señora recogiendo ropa tendida en un cordel, las prendas más pequeñas las pasaba a un niño que la acompañaba. Eran personas comunes y corrientes que vivían bajo el mismo techo, criaban hijos y cumplían con sus trabajos a pesar de la escandalera y la agitada existencia de nosotros en ese lado de la casona. Alguna vez me hablaste de ellos, Alejandra, pero no presté atención.

Entré a mi pieza y encendí la luz. Abrí los ojos con desmesura, como un loco absorto que miraba algo que no había, fingiendo que existía y debía estar ahí; sin embargo, parecía ser otro signo de que me estaba quedando solo.

Los juegos sexuales iniciados por Consuelo habían surtido efecto: los excesos y perversiones desvirtuaron nuestros sentimientos y yo, ingenuamente, contribuí con eso. Fue otra de sus armas para alejarnos el uno del otro. Ya no sabíamos lo que queríamos ni buscábamos, y nos lo reprochábamos mutuamente. Nosotros accedimos, nos dejamos llevar por el deseo fácil y la tentación de lo prohibido. Sin embargo, para ti el gran culpable era yo, no había sabido cuidarte ni protegerte de oscuros anhelos que, probablemente, todos guardamos. Era yo quien los había despertado y ahora estar conmigo te producía confusión y rechazo. Lo consideré una excusa para no comprometerte conmigo, para dejar que de nuevo las circunstancias del tiempo nos alejaran, algo de lo cual tarde o temprano te arrepentirías.

Más que nunca necesité las fantasías de estar en otro tiempo y lugar, así que me senté en la cama, tomé una hoja y escribí:

Estos son los días
iguales a otros días
que solo encuentran sentido
en los días
que se fueron.

"Días que son de puro papel —pensé al terminar de escribir—, en una pieza que se disuelve como una argolla de humo". Me estiré en la cama y vi que todo a mi alrededor se desvanecía, se borroneaba el techo mientras los objetos más pequeños —como el lápiz y el papel— desaparecían antes que el resto. Como un tiempo que quisiera hacer desaparecer, las calles se desdibujaron al mirar a través de las paredes y los vagabundos se transparentaron frente a la iglesia. Supe que pronto estaría tendido en un sitio eriazo donde una vez se erigió una casa, pero antes de que eso ocurriera, mis ojos se esfumaron con la bruma de sueño que cayó sobre mí.

Recorre la ciudad sin dejar de consumir el alcohol quemante como la vida, esa vida que bebe como la noche, habría dicho con melancólico y fatal sarcasmo Apollinaire.

La noche se aleja como una hermosa mujer, es Alejandra quien se deshace con la luz, o Mila que cuando se tuvo nunca se tuvo, y bebe de la noche como de la vida, esa vida que va llegando al fondo del vaso.

¿Dónde están las personas cuando no están con nosotros? ¿Dónde habrá estado Alejandra? ¿Qué puede contestarse? Debió pasear con ese hombre que la acompañaba, quizá su esposo, alucinada de un cerro a otro, haciendo croquis y anotando observaciones en su pequeña libreta, recorriendo los recovecos de esas calles alocadas que suben, bajan y dejan espacios ínfimos para levantar construcciones. Hipnotizada como tantos arquitectos recorriendo los senderos de los cerros, absorta por el caleidoscopio de colores que forman las casas, o yendo por las interminables escaleras que de repente se detienen en lo alto de un callejón sin salida; o tal vez mirando los techos rojos oxidados, afirmados por piedras para que no se vuelen; o los barcos que a la distancia parecen de juguete, anclados alrededor del puerto y a la espera de desembarcar su carga; o admirando esas casas en las laderas de los cerros que se ajustan a las precarias condiciones de las pendientes.

También es probable que estuviera en alguno de esos cafés o restaurantes concebidos para los turistas que visitan los cerros Alegre o Concepción, ubicados en las pequeñas calles peatonales que se asoman al mar, donde se llega a través de viejos ascensores que suben a tirones irregulares a sus ocupantes, mirando el tintineo amarillo de las luces de la bahía, atendidos por unos solícitos dependientes y dueños de locales que se muestran exageradamente amables al narrar anécdotas del puerto.

"¿Qué importa ya eso? Las personas cuando no están con nosotros, no existen", concluye el Poeta.

Como un túnel interminable en el que se adentra sin ver la boca de salida, la noche parece no tener fin. De pronto, en la honda oscuridad que niegan los faroles, aparece la amenaza de la luz sobre el horizonte de los cerros, sube como una lenta marea desde el interior de las sombras y el sueño de la noche empieza a venirse abajo. El alba no duda ni un instante en dibujar los mismos cerros con sus calles y trazar un límite al mar, para que el mundo nuevo traído por la luz no sea más que un día parecido a los anteriores. El preámbulo de la mañana se expande creyendo renovar los viejos colores, el canto insistente de un pájaro quiebra el silencio y despierta a la noche, que ya ebria se pone de pie tambaleando para irse a dormir escondida del sol.

A pesar del inminente fin, el Poeta quiere gozar la soledad de esta hora, por todos los seres amados que se le escaparon de las manos y los misterios que no pudieron revelarse. En un rato más, la calle y los locales se abrirán con la llegada de la luz y serán llenados por gente que no es de su interés. La noche aún le parece eterna, como si nunca fuera a terminar y confía en que al final del largo peregrinaje algún misterio le será develado, pero aquello todavía no sucede.

Conociendo las costumbres de Consuelo tras la llegada del crepúsculo, decidí que antes de tocar su citófono daría una vuelta por su mesa de Las Lanzas. Como era de esperar, la encontré sentada con unos compañeros de teatro. Los conocía a todos, pero saludé con frialdad y ellos apenas me respondieron. Siempre me molestó de Consuelo que no se dedicara al teatro de una vez por todas, engañándose a sí misma en el juego de trabajar en algo que diera plata para después hacer lo que le gustaba. El problema radicaba en que ese "después" se postergaba por siempre. No era posible servir a dos amos al mismo tiempo.

Mientras sonreía me dio un poco efusivo abrazo, sin acercar mucho nuestros cuerpos, y dijo que le gustaba cómo me veía con el pelo más largo. Discutían el argumento de una obra que tenían que crear para sus clases. Quería que me invitaran una cerveza, pero ella dijo a sus compañeros que conversaría conmigo y regresaba.

Subimos en silencio las escaleras del edificio y entramos a su departamento. A través del ventanal del *living*, se veía un pedazo de la plaza con su reducido follaje de otoño y el patio trasero de los bares frente a la plaza. Se escuchaba el tintinear de platos y vasos chocando y las órdenes de algún jefe de los locales aledaños.

Consuelo se dirigió a la cocina y volvió con una cerveza y dos vasos. Me senté en la alfombra del *living*, mientras ella los llenaba. No tenía esa expresión de alegría por el encuentro, solo me extendió el vaso y se internó hacia su dormitorio.

—Antes de que se me olvide —dijo al volver—, Alejandra te imprimió estas hojas. —Extendió unos textos míos que había dejado en su computador.

—Gracias, pensé que los había perdido.

—Habría sido mejor, los estuve hojeando y son bastante malos. Aparte de que eres un mentiroso, no hice esas cosas contigo y Alejandra. Bueno, no todas, ja, ja. Por lo menos pudiste cambiarnos los nombres. —Consuelo aludía a un texto donde formábamos un trío amoroso—. Y es ridículo que te pongas otro nombre, ¿quién es Gabriel Murillo?

—Un seudónimo, nada más. Me gustó como sonaba.

—En fin, iré directo al grano. Lo que le hayas hecho a Alejandra no quiero saberlo de ti, solo quiero que no pueda encontrarte otra vez.

—Comprenderás que no puedo prohibirle que me busque si así lo desea.

—Mira, a Alejandra le ofrecieron un trabajo en Barcelona y no volverá. Pero si alguna vez regresa, no quiero que pueda encontrarte. Cámbiate de casa; en buenas cuentas, desaparece. —Rellenó mi vaso sin dejar de mirarme fijo.

—Si pudiera, lo habría hecho hace tiempo, no te quepa la menor duda. —Dejé el vaso en el suelo.

—Es que no quiero excusas. Sal de su vida, ¡piérdete! Le hiciste muy mal y sé que te buscará, aunque esté con otra persona y se haya ido lejos, sé que te buscará.

—Pero ¿no es algo que debería hablar con ella? —Me acomodé en el suelo—. Quiero decir, ¿por qué estoy hablando esto contigo?

—A ver —miró hacia abajo con cara de circunstancias—, Alejandra está embarazada y ni siquiera sabe si es tuyo. No tengo idea de qué le hiciste, solo sé que antes no era así y, como te dije, no me interesa que me lo cuentes, aunque la conozcas desde quién sabe cuándo. Quiero que mi amiga vuelva a ser la de antes, se ría y goce de la vida, no que ande triste y nerviosa porque tiene que juntarse contigo.

—¿Embarazada? ¡No te creo! Por lo demás, fue algo en que ella se metió solita. —Sonreí—. Nadie la obligó… Aunque pensándolo bien, nos juntaste de nuevo, ¿ahora quieres separarnos?

—Como sea, ¡no me importa! —Alzó la voz estirando el cuerpo hacia adelante—. Ahora Alejandra tiene una gran oportunidad en su trabajo y no puede desperdiciarla. Si te hace falta dinero te lo doy, pero quiero que te esfumes. —Sacó un montón de billetes de debajo de un cenicero y los dejó a su lado.

—Ahora quieres comprar mi partida, eso sí es cómico. —Me incliné hacia atrás lanzando una carcajada.

—A ti no se te puede hablar nada en serio… estando vestida —dijo con gravedad.

—Ahora empezamos a entendernos. —Todavía tenía los estertores de la carcajada en la voz.

—De verdad, cambias tanto cuando estás metido en la cama… —Me pareció que dijo esto con un dejo de nostalgia.

—La intimidad, el placer… tú sabes.

—Si eso sirve para que te vayas y desaparezcas, podría sacrificarme. —Esbozó una sonrisa burlona.

Me arrastré hasta el pedazo de alfombra donde se tendió con las piernas abiertas y los brazos extendidos hacia atrás. Así entregada, la besé y le saqué la ropa, mientras me bajaba un poco el pantalón y el calzoncillo. Habría sido agradable el reencuentro, si no hubiera repetido todo el rato: "Quiero que te vayas, quiero que te vayas, quiero que te vayas".

Terminé antes que ella y me empujó de encima con rapidez, para luego poner los billetes en mi mano. Me incorporé, subiéndome el pantalón.

Ella permaneció acostada y me miró fijo a los ojos.

—Siempre supe que no habías escrito el poema con el cual creíste enamorarme. No solo eres un fraude en el amor, también en la poesía.

No quise responder. Quizá tenía razón, quizá no. Dije adiós y salí, pero ella siguió tendida, inmóvil y desnuda, mirando hacia la pared.

Volví en taxi al palacio Larraín. Estuve pensando en cómo gastar el dinero, no veía tantos billetes juntos desde hacía mucho tiempo. Al llegar, cogí un bolso, eché algo de ropa dentro y todos los poemas que encontré. Salí dejando la llave puesta en la cerradura. No habías pagado el arriendo del último mes, Alejandra; con las cosas que dejaba atrás, que se dieran por cancelados.

Bajé por la calle Cienfuegos hacia la Alameda y tomé un taxi hacia el terminal de buses. Era raro irse tan rápido, pero más raro habría sido quedarse. Lo mejor era partir cuanto antes sin mirar atrás, irse como un autómata en el primer bus que saliera. No porque me hubieran dicho que me fuera, sino porque no había más que hacer ahí, no existía ni una sola persona que me esperara o buscara. Irse, por último, a hacer tiempo en otra parte a la espera de algo mejor.

De pronto la noche se estremece de forma descomunal, es un monstruo marino que perfora las aguas y rompe el reflejo de la luna. Ha custodiado que ningún barco traspase los límites trazados por el horizonte.

El monstruo vuela bajo el agua, da un salto y se sumerge en el aire para aproximarse de forma peligrosa a la ciudad, aquel resplandor de luces que ha flotado a la deriva como un barco fantasma.

Vuelve a zambullirse muy hondo y emerge con más fuerza, abre sus fauces y se traga la ciudad, la cual emite un sonido sordo de dolor cuando sus tablas se quiebran. Los mástiles de grúas desembarcando containers, los cerros al fondo como el decorado de iluminación de una gran fiesta, aquellos que deambulan por los lugares nocturnos, todos sus tripulantes ahora se retuercen en el estómago del monstruo envueltos en los jugos de la digestión.

La bohemia desenfrenada, las risas histéricas, las peleas callejeras, la chica más hermosa del local que todos miraron a la distancia deseando tenerla entre las sábanas de su cama, todos serán triturados en el vientre del monstruo y expulsados como desperdicios a la luz hiriente del sol. Mientras que la noche caerá al fondo abisal de la memoria.

Las antiguas metáforas del puerto hablaban de un anfiteatro a cielo abierto, cuando se contemplaba la bahía y sus múltiples cerros desde el mar. Quise presenciar tal espectáculo como si fuera un hombre de mar recién llegado a Valparaíso, y compré un boleto para un paseo en las viejas lanchas que se apostaban en el muelle Prat. Después de una vuelta por las espesas aguas llenas de grasa, contemplando los murallones de barcos entre los cuales nos movíamos, volví empapado a tierra. Aunque era cierto que los cerros conformaban un horizonte curvo desde el punto en el mar donde nos encontramos, y que las casas colgaban de las pendientes siguiendo el contorno de las quebradas y promontorios, eso ocurría detrás de la primera línea de edificios que empezaba a crecer frente a la costa.

Me fui mezclando entre la gente que iba y venía por las calles, indiferente a un mar que no se veía por ninguna parte debido al gran muro de *containers* que lo cubría. Las personas estaban inmersas en la preocupación de temas demasiado cotidianos: la cesantía, la delincuencia por todas partes, el narcotráfico, los travestis tomándose las calles, la mala educación, las jaurías de quiltros dueñas de la ciudad, los murciélagos con rabia saliendo por las noches a morder, ¿cuándo se desataría la próxima pandemia?, el alza constante de precios, la lucha por mantener el Congreso en el puerto y que tarde o temprano regresaría a Santiago, las cuotas limitadas de extracción de peces en las caletas a los costados de la empresa portuaria, los asentamientos periféricos de pescadores que nunca eran reconocidos del todo y que, por lo mismo, no tenían legítimo derecho a exigir.

En ese momento no pensaba en ti, Alejandra, es cierto, pero algo me recordó dónde andabas. Leí en el diario local que las autoridades chilenas se habían trasladado a Barcelona para estudiar el borde costero de la ciudad y comprobar si podían replicarlo en Valparaíso. El desarrollo de la urbe mediterránea era el más apropiado para nuestro puerto principal, ya que concentraba la actividad portuaria e industrial en un extremo, dejando el resto del borde para construir un paseo costero con playas limpias, situación ideal para atraer turistas.

Así, como una copia feliz de la ciudad española, Valparaíso recuperaba de pronto su costa, sacando esos *containers* vulgares que entorpecían la vista a los turistas que llegarían por montones a gastar su dinero cada verano, dejando a los pescadores y estibadores malolientes el lugar más apartado de la ciudad para que no se oyeran sus gritos enardecidos ni sus protestas de descontento y reivindicación social, yendo a quemar sus neumáticos donde no se vieran. También quedarían relegados los camiones que contaminaban, una nube fantasmagórica que llegaba de Santiago y entraría por detrás de la ciudad. En la imaginación de las embelesadas autoridades chilenas que visitaban Barcelona, aparecía en Valparaíso un extenso paseo rompeolas que imitaba la ciudad europea, y una larga fila de edificios de cristal, en lugar de las construcciones que se caían a pedazos, con hermosas chicas en bikini que patinaban en *skates*, mientras los japoneses sacaban fotos y filmaban los veleros deslizándose por aguas cristalinas.

Mientras nuestras autoridades soñaban en el Viejo Mundo con las nuevas tierras que llegarían a conquistar, el mar tranquilo bañaba una costa indiferente a proyectos y puertos, abriéndose camino a través de tormentas, terremotos y otros desastres a los cuales nunca nadie terminaba de acostumbrarse. Pero ahí estaban, demoliendo la ciudad y sus antiguas vidas, como un remezón para volver a empezar desde los escombros de estas latitudes.

No sé si tendrías algo que ver con ese remozamiento de Valparaíso, Alejandra (como Consuelo contó que te ibas a Barcelona), pero habría sido triste saber que, después de tus proyectos de la memoria histórica, contribuías a poner una máscara que no calzaba sobre el rostro de esta ciudad. O como decía José Donoso, correr el tupido velo, en este caso para que la pobreza de la gente y la precariedad de las viviendas no se vieran.

El Poeta camina por las calles desoladas. Piensa en sí mismo, en lo que fue y lo que será, en esta noche como las otras en que deambula sin objeto a falta de encuentros.

La noche siempre ha sido para él un lugar en que puede remover la dura costra de las apariencias —las vidas que ha inventado, la ciudad ilusoria en que se mueve— para descubrir el sentido oculto de este tiempo, y que la luz secreta de la memoria vuelva a brillar, cuando algo que daba por cierto y seguro de pronto se acaba, y muestra que nada era verdaderamente estable y definitivo como creía, entonces sus sentidos vuelven a despertar.

Vagar por la noche es una costumbre de la soledad. Necesita estar solo, errar por las calles, sentir que lo ha perdido todo y lamentarse por ello; si no pudiera hacerlo, se perdería a sí mismo para siempre. Vender libros es solo un pretexto para caminar por la noche, requiere sentir que algo no está; de lo contrario, no escribe. Escribe para recuperar lo ausente, busca lo que alguna vez fue tan seguro y ahora se ha perdido de forma irremediable. Al perder algo, empieza una forma de volver a encontrarlo.

Como un grito sordo por lo que se fue y ya no podrá ser, por más que busque y nunca encuentre, de todos modos emprende la búsqueda. Si no siente que ha perdido algo, sus noches carecerían de sentido y no valdría la pena vivir. No, no valdría la pena una vida donde nada inesperado ni estremecedor pudiera ocurrir, como si lo estable y tranquilo fuera a lo que debiéramos aspirar. No tiene ganas de vivir así. Por ahora —en esta noche— todo le resulta tan familiar, tan a la mano, como si fuera a durar para siempre; sin embargo, nada le pertenece, salvo su propia historia. Un día cualquiera todo se habrá acabado y solo quedará la memoria.

La borrachera ha desatado en él una gran lucidez, antes de la caída definitiva en el embotamiento y la fatiga. Como si al caminar hubiera llegado al límite del horizonte nocturno y los misterios empezaran a revelarse, descubre que ya no importa ni el bien ni el mal, tampoco tiene algo que perder ni algo que realmente haya perdido, pues a través de sus recuerdos siempre podrá volver a los días felices. En plena omnipotencia de la embriaguez, piensa que no queda más que hacer lo que quiere y seguir adelante.

Vagaba por Valparaíso sin rumbo, en busca de algo que no encontraba. Iba de una pensión a otra perdiendo libros, escritos y ropa en las mudanzas, dejando atrás a personas que apenas conocí.

Con resignación intenté acostumbrarme a esta herida nueva y a las luces y sombras que proyectaba en mis palabras. Como una compensación por lo sufrido, tal vez con el tiempo llegaría a reemplazar todas las heridas del pasado, quedándome con un único dolor en mi memoria que sería símbolo de los anteriores, una economía del corazón.

Me había convertido en el retrato de un viejo retrato de mí. La copia original se había extraviado o destruido. Había llegado el momento de abandonar el personaje que jugué a ser, no tenía razón para seguir fingiéndome loco, no tenía ante quién. No había de quién huir, ni nadie que me esperara en alguna parte o me buscara. El tiempo lo tenía todo para mí, aunque estaba solo y sin nada que hacer en ninguna parte del mundo.

La inmensa alegría que sentí al cambiarme de ciudad e iniciar una nueva vida fue lo más cercano que tuve a la plenitud, pero también lo que más rápido se desvaneció. De pronto supe que había elegido el camino equivocado; sin embargo, saberlo no sirvió y tampoco tenía modo de volver, todo se había ido a las reverendas pailas.

Hasta el momento había seguido mi camino sin pensar que estaba solo. "Tengo unos cuantos sueños en la vida aún por cumplir", me decía. También te tenía a ti, Alejandra, tendida junto mí o al otro lado del teléfono; si te ibas, siempre volvías.

Para arrancar de la desesperación y el vacío que me invadió, adorné la metáfora de vida que me había modelado con otras metáforas, sintiéndome como el poeta Enrique Lihn endemoniadamente había profetizado: "nunca salí del horroroso Chile". Yo era más modesto, me conformaba con decir: "nunca salí del horrible Santiago".

Una triste mañana me percaté de lo que había sido mi vida: un condenado peregrinaje de un lado a otro sin descanso, con la sensación de ser extranjero en mi país, por siempre buscando un lugar al cual pertenecer. Seguía buscando de una ciudad a otra, cambiando de vida y cariños, pero por más que insistiera nunca podría encontrar aquello que buscaba; la ciudad era siempre la misma. La vida que creí tan mía, los sueños que me mantuvieron despierto, me los dieron las calles y las personas que me rodearon. Tenía un lugar en el mundo —Santiago— y nada reemplazaría ese espacio perdido.

Santiago, la ciudad maldita de la cual fuimos hechos, permanecía tan inconclusa como nosotros, derrumbada y vuelta a erigir con otro estilo. La vida era más frágil y efímera allí, sin huellas hacia el pasado que nos hicieran sentir de alguna parte.

¿Qué podía hacer? Era mejor seguir adelante con la ilusión de que siempre estaría la otra ciudad, una a la cual podría regresar cuando quisiera y donde todo sería como antes, con una lejana y cálida cama para derrumbar el cuerpo en los últimos fulgores de la noche. Santiago como una mujer que, a pesar de las peleas y abandonos, uno sabe que va a volver.

Alejandra, siempre fuiste esas calles. Tal vez te quedaste conmigo porque te recordaba un tiempo mejor, pero no permaneciste lo suficiente: para ti no alcancé a ser más que un poema leído de pasada en un afiche del metro o dejado en la mesa de un bar.

Fue fácil seguir queriendo a alguien que no estaba, adorar una imagen intocada y rodeada de idílicas pompas de jabón que jamás se reventarían, una imagen que no podía reprocharme cosa alguna. No me tomé demasiado en serio que te marcharas. Me quedé con el sabor triste de tu boca y el mundo entero bajo mis pies, pero sin saber hacia dónde dirigirme, con una pregunta retumbando en mi interior: ¿qué hago ahora? Caminar y caminar, rememorando una despedida que nunca fue; irme a otra ciudad mejor que esta; mirar un reloj a la espera, como si pronto fueras a llegar. Pero ¿dónde buscarte, si tampoco existía ya un lugar de encuentro? No tenía nada que perder, lo que había perdido no estaría en ninguna parte. Todos esos años estuve atrapado en un personaje de mí mismo, cautivo en mi propia impostura. Viví jugando a ser otro, viví creyendo que vivía.

Tendido sobre la cama de Mila, la mira a través del espejo mientras se viste, cómo sitúa sus ajustadas prendas negras sobre el esbelto cuerpo. No usa ropa interior, escondería una desnudez que no necesita modelar, le disgusta recortar ciertas partes del cuerpo para esconderlas del resto. En ese momento no existe nada más en el mundo para él que verla vestirse. Como es adentro, es afuera. Como es la imagen de sí, es la imagen de sí misma. Nada más hay entre ellos. Nunca se ha sentido más cerca de ella que en este instante.

Mientras se envuelve con las prendas, él busca algún indicio de la vida que late dentro de su vientre, como ella ha dicho, una vida que será el reflejo de ambos. Mila le da una rápida mirada y sonríe. A través de la imagen se borran las distancias que los separan, observa cómo ella se ve a sí misma. Él es parte de su cuerpo y sus ojos, hasta que recupera su antigua imagen. De forma paulatina, la pierde bajo esas telas y pliegues que le devuelven su otra identidad, su lejanía. Poco a poco se convierte en una imagen de sí misma superpuesta a la que él conoce, de pie frente al espejo.

Una vez vestida, se pierde en su imagen. Comienzan a hablar, se acerca a él y lo acaricia, antes de agacharse para rozar sus labios. De nuevo es otra, han dejado de pertenecerle sus ojos y la ve como los otros la ven, no como ella misma se mira.

Es mejor que veas como una metáfora lo que voy a narrar ahora, Alejandra, no como algo que viví; quiero que te hagas una idea de la soledad y el abandono en que me hundía. Estaba entregado a lo que viniera, no cuestionaba mi actuar. Vivía en la precariedad del que se abandona por el riel del destino y sabe que no hay vuelta atrás. Solo quedaba seguir, encogiéndose de hombros y subiéndose el cuello del abrigo, como el final de una película de Chaplin en que el círculo central se achica hasta dejar la pantalla en negro.

Estaba solo como nunca. Si algo me llegaba a ocurrir nadie se enteraría, aunque yo mismo me llevé a esa situación.

No volví a la pensión de la calle Independencia, donde dejé las pocas pertenencias que me quedaban, por falta de dinero para pagar el arriendo. Dormía en un banco de la plaza Victoria a una hora en que no había parejas o niños jugando. Para guardar el calor, juntaba hojas de diarios y las metía entre la ropa y dentro de los zapatos, mientras me tiraba otras encima.

De a poco me fui convirtiendo en un vagabundo, pero no era una forma idílica de vida como creí en Santiago, sino una existencia dura y cruel a secas. Barbudo, haraposo y sumido en el más absoluto abandono, bebía de sol a sol. El alcohol de la mañana me daba fuerzas para iniciar el día, un día cuyo único fin era desplazarme en busca de alguna limosna para comer y comprar más alcohol.

En aquel tiempo de naufragio no quise mezclarme con los otros vagabundos, conocía sus códigos secretos y lo mezquino y desconfiados que eran con los recién llegados. No quería compartir con nadie, buscaba esquinas solitarias, edificios fuera de uso y sitios eriazos donde pasaba las horas de luz.

Mis únicos amigos eran unos perros, al atardecer me encontraban en cualquier lugar de la ciudad en que me hallara. Con ellos compartía todo lo que tenía: alimentos, ropa vieja para abrigarse y, también, las pulgas. Nos protegíamos del frío, las ratas y los murciélagos que abundaban en la noche, acurrucándonos muy apretujados.

Me daba asco mi propio olor, sentía dolores en el cuerpo que nunca había tenido. Un día constaté sin asombro que empezaba a hablar solo, traspasando el límite entre lo que se piensa y lo que se dice; el espacio mental se transformó en uno mismo con el entorno. Sentía hambre en todo momento, dormido o despierto soñaba con grandes banquetes. Fue entonces cuando comencé a buscar restos en los tarros de basura, guardando las monedas que juntaba solo para alcohol.

Jamás robé, era un acto que me hubiera llevado a involucrarme más de la cuenta con otras personas para estar atento a carteras, niños solos y viejos indefensos. En su lugar, estiraba la mano con la mejor cara de lástima a la salida de las iglesias, los bancos o supermercados. Perdí los últimos restos de pudor; además, era muy improbable que me encontrara con algún conocido de Santiago.

Comprendí lo que significaba estar muerto y fuera del tiempo, sin que te vean ni le importes un carajo a nadie. Supe lo que era mirar todo pasar y saber que nada te pertenecía, saber que nunca volverás a ser parte de eso.

Cierto día deambulé por las calles del barrio chino, alegando a gritos porque mis zapatos rotos me impedían caminar erguido. De pronto, sentí la voz de una mujer que me dirigía la palabra. Al principio me costó entenderla, parecía inconcebible que alguien volviera a hablarme. Hasta el momento, los únicos con quienes me comunicaba eran los perros. Dijo que servían almuerzo en la hospedería cercana a una iglesia. La miré extrañado sin atinar a actuar, hasta que pidió que la siguiera, esperó que cruzara la calle mirando hacia atrás para constatar que todavía estaba allí y llegó hasta una puerta. Me hizo entrar, me instaló en una mesa y llevó un plato. Con la mano sucia y temblorosa tomé la cuchara y, antes de probar bocado, me puse a llorar. Lloré y lloré mientras mascaba pan y tragaba una crema espesa.

Después de comer quise irme, pero dijo que había más cosas para mí. Me dio una cama, ropa limpia y unos amigos despojados de todo con quienes compartir juegos de salón antes de las comidas. Sin darme cuenta, pasaron los días.

La chica que me llevó hasta allá era estudiante de Trabajo Social y colaboraba como voluntaria. Se llamaba Luna. Cuando estuve más repuesto y animoso, dijo que no podría permanecer allí durante mucho tiempo, había otras personas en las mismas condiciones en que llegué y debían darles espacio, así que estaba buscando un trabajo para mí y un lugar donde vivir. Transcurrió mucho tiempo antes de agradecerle que me hablara aquel día.

Con el paso de los días, los dolores en el cuerpo disminuyeron. No sabía qué sería de mi vida de ahí en adelante. No sabía nada, pero estaba seguro de lo que no quería volver a ser.

El pacto con la vida es algo que el Poeta hace a diario, rogándole al mar para que se lleve una parte de su memoria y permanezca la otra, esa que debe seguir viviendo aquí y ahora para rescatarlo de otro tiempo. Todo es ayer, incluso las horas recién pasadas, y necesita permanecer abierto a lo que el presente continuo le depara. La poesía significa para él captar la brevedad de ese instante que no volverá, como una cámara fotográfica que construye el sentido fugaz de la imagen.

Rehúsa sumergirse en la memoria, la vida debe transcurrir en un acontecer perpetuo que nombra de forma momentánea el devenir, sin huellas que delaten y lo comprometan con el pasado. Sin embargo, vivir con Luna es algo que siente contradictorio. Compartir un lugar en forma permanente con otra persona permite el seguimiento de sus acciones y posibilita que su realidad sea reconstruida por otro, hasta convertirse en un personaje en la historia narrada por otro. Eso es algo que no ha resuelto, porque su poética es tal que no se remite tanto a lo cotidiano de su vida, sino a intensificar las vivencias nocturnas del lugar donde se encuentra, para distinguirlo de un espacio diferente al cual no quiere regresar.

El paso del tiempo en Valparaíso también lo siente distinto, como si aquí el tiempo no transcurriera, o siempre fuera el mismo día y la misma noche. Aunque las cosas se deterioren y las personas envejezcan, el tiempo que comparten sus habitantes es el mismo.

El Poeta quiere ser como el mar: siempre el mismo y, a la vez, uno nuevo cada día. De todos modos, el pasado nunca será el mismo, sino que cambia de acuerdo con su presente, se acentúan algunas cosas por sobre otras, hay lagunas enteras en la memoria y recuerdos inventados para zurcirla.

Ignora por qué está acá, eso se ha perdido en el tiempo. Para vivir no es necesario tener un motivo, solo basta estar atento a qué exige el momento actual. Lo que el Poeta sí sabe es que la vida es para gozarla y hablar por los que no tienen voz: los harapientos, los abandonados, los quiltros, los exiliados en su propio país, los maltratados por otros. El cansancio, el hastío o la falta de sentido no tienen anclaje en su vida. Cuando se muera descansará cuanto quiera, nada estará por ocurrir y todo habrá sucedido en un ayer.

Luna me llevó a vivir a una pensión del cerro Alegre, en casa de la madre de una amiga suya. En esa época no era un lugar esnob y caro reservado para turistas, sino igual de viejo y sencillo que el resto de la ciudad. Me buscó un trabajo como garzón, a veces se dejaba caer en mi pieza para saber cómo iba. Creía que si yo en verdad tenía corazón de vagabundo, dejaría todo botado para regresar a mis antiguas andanzas. Aunque prefería no hablar de mi pasado y ella se abstuvo de preguntar luego de una primera negativa, intuyó que mi vida no siempre fue así, quizá por la manera de hablar, los gestos menos duros que recuperaba y los libros que empecé a comprar. Creía que debió pasarme algo terrible para llegar a tal punto de abandono. No le gustaba que tomara y más de una tarde me pilló con olor a alcohol, luego de que escondiera la botella debajo de la cama.

Una de aquellas tardes, pidió que le sirviera una copa. Encogiéndome de hombros, me agaché y recogí la botella, vertiendo más vino sobre el contenido que había en mi vaso. Se lo tomó hasta el fondo y pidió que volviera a llenarlo. Ella nunca había tenido muy buena cabeza para el trago, pero quería descubrir por qué a la gente le gustaba tanto.

—No es por el gusto, sino por sus efectos.

—Te mareas, te ríes y olvidas tus problemas, te sientes capaz de hacer cosas que de otro modo te avergonzarían. Eres como otra persona cuando tomas. ¿Es eso lo que buscas? —Me miró con atención.

—La embriaguez es un asomo a lo absoluto, se palpan los límites de lo posible. —Reí ante lo pomposo de mis palabras—. Bueno, aparte de eso, también tomo porque me gusta y tranquiliza, adormece las cosas malas y despierta las buenas.

—Sé que no quieres conversar sobre tu pasado, Gabriel, pero cuando te pones a hablar así, me dan tantas ganas de preguntar…

—Bueno, quizá a ti podría contarte algo. ¿Qué quieres saber?

No preguntó. Se estiró sobre la cama donde estábamos sentados, me atrajo hacia ella y me besó. Sus labios tenían sabor a vino y sal, su cuerpo era suave y firme. Ella me había sacado del barro en que estaba inmerso, me ayudó a adormecer al destructor de mí mismo que pateaba desde mi interior. Era una mujer que no se dejaba intimidar, no existían cosas imposibles para ella. Estaba cansado de vivir en un mundo irreal y arrastrarme a cumplir actos vejatorios —agotado de agitar las aguas que, indiferentes, volvían a su curso; de negar las luces que recortaban el horizonte nocturno del mar, luces que, sin embargo, permanecían allá a lo lejos—, así que me dejé domesticar, para ver de una vez por todas la realidad con ojos menos dañados.

Aquella tarde ella me acercó un poco más a la vida. No tuve que pensar que todo me había sucedido ayer, sino que ese presente, ese ahora, también era un tiempo propio.

"¿Por qué habré recordado a Galileo cuando me encontré con Bavestrello?", piensa el Poeta mientras camina por la calle Esmeralda. Ahora le parece tan torpe esa asociación laxa establecida entre Galileo y Galilea, una relación cacofónica entre conceptos. Pero si lo piensa mejor, Galileo fue un hombre que abandonó una vida para seguir existiendo; de continuar en la misma senda, lo habrían matado. Lo contrario del profeta de Galilea. Recuerda que leyó en una revista que el Vaticano, después de cuatrocientos años, absolvió a Galileo e incluso erigieron una estatua en su honor. Los mismos que quisieron matarlo, se arrepintieron y levantaron un monumento para honrarlo.

Un hombre se acerca a él, sonriendo. Es el Jote, uno de los errantes de la noche.

—¿Qué andas haciendo por aquí? Pensé que estarías en la cama con alguna de las amigas del Estudiante.

—Así es, me está esperando en la casa. —El Jote no detiene la marcha—. Salí a comprar cigarrillos y algo de trago. ¿Y tú?

—Estoy contemplando como la noche se deshace con la luz. —El Poeta esboza una forzada sonrisa—. No, busco a alguien.

—¿Será a Mila a quien buscas?

—Sí, ¿cómo lo sabes?

—¿Te conté alguna vez que mi prima es la pareja de Mila?

—¿A qué te refieres? —El Poeta se acerca a él.

—Vamos, Murillo, todos saben que a Mila le gustan las mujeres… además de ti, pero solo tú, ningún otro hombre.

—¿Tu prima es la mujer que la acosa?

—Deborah no es tan mala tampoco. ¡Ah, qué cómica tu cara! No sabías ni cómo se llamaba.

—¿Y has sabido eso todo este tiempo? Cuando nos vimos, ¿por qué no me lo dijiste? —Empieza a perder la paciencia.

—Bueno, porque no sabía en qué andabas en ese momento.

—Pero ahora sí lo sabes, ¡así que dime!

—Te sugiero que vayas a la librería El Ateneo, allí hay algo para ti. —El Jote ha adoptado un tono burlón.

—Pero ¿cómo sabes todo eso? —Lo toma del abrigo para arrinconarlo contra el muro de un edificio.

—Tranquilo, te lo puedo explicar si te calmas… Acabo de encontrarme con Mila y Deborah, pasaron caminando por aquí hace solo un rato.

—¿Y cómo no las vi? Habla.

—A lo mejor no querían ser vistas…

—No juegues al misterio conmigo… —Presiona el cuello del Jote con su antebrazo.

—Dé… jame respirar… —Comienza a toser—. Mila dijo que había dejado algo para ti y que te dijera si te veía. No sé nada más.

—¡Eres un perfecto huevón, Jote! —Zamarrea su abrigo antes de soltarlo—. Pero eso lo sabemos todos… En fin, ¿para qué ensuciarse las manos con un tipo tan poca cosa?

—Mila dejó algo para ti —el Jote recupera de a poco el ritmo de su respiración—, debes ir a recogerlo… Me están esperando, adiós.

—¡Tú no vas a ninguna parte! —El Poeta lo toma de la manga—. Me acompañarás a la librería y en el camino me contarás todo.

—Pero ¡si no sé nada más!

—¡No me importa! Harás memoria y dirás lo que sabes de la relación entre tu Deborah y mi Mila.

Mila sentía su belleza como un karma, una carga que delataba la gran injusticia del mundo hacia ella. Se consideraba alguien inteligente, pero que siempre sobresaldría por ser bonita. Era verdad que al principio me recordó a ti, Alejandra, y no la buscaba a ella, sino al cuerpo con el cual daba el salto a otros tiempos, a otros momentos que habían sido mejores.

No demoré mucho en sentirme cautivado por esa mujer con algo de gata, llena de movimientos sinuosos e hipnotizantes, con ojos almendrados que penetraban como un somnífero en mi mirada. Quizá era muy niña (tenía la mitad de mi edad) y demasiado extraña, toda vestida de negro, la cabeza rapada y aros por todas partes, y todavía creía que la vida era de verdad, no una historia que nos inventamos para mantener una mejor imagen de nosotros mismos.

La conocí en una lectura de poesía en La Sebastiana. Se acercó a mi asiento después que terminé de leer y dijo que le habían gustado mis textos, en especial el de un murciélago y un espejo, y el de unos perros salvajes que corrían por una ciudad dando muerte a una pareja. Estaba aburrido de escuchar el monólogo de los otros poetas, así que le propuse ir a otra parte.

Bajamos juntos el cerro y le invité una cerveza en el bar Pajarito. Ella había visto todas las películas de Bela Lugosi y Vincent Price, le gustaba la música gótica y jamás usaba cruces. Se vestía entera de negro y tenía la piel muy blanca. Yo nunca había tomado en serio a quienes se dejaban llevar por el uniforme impuesto por la tribu urbana a la cual pertenecían, usando anillos en cada dedo y varios aros en sus orejas, cejas y labios, pero ahí estábamos, conversando animosamente y pasándola de maravilla. Me contó que a veces llevaba anteojos que no necesitaba, con cristales sin aumento, porque le gustaba cómo se veía con ellos, lo cual me produjo una secreta risa.

Salimos del local cerca de la medianoche. En aquella ocasión dejé plantada a Luna, que iba a prepararme una cena especial para celebrar la lectura de poesía. Mila y yo nos detuvimos en un semáforo esperando la luz para cruzar y, de súbito, nos dimos un beso. Sus labios se apretaron cada vez con más fuerza contra los míos. Me ahogó con su mordida violenta, a veces dándome fuertes mordiscos, como diciendo que quería eso y mucho más, pero si me acercaba mucho sería capaz de destrozarme.

—La gente más dañada se atrae, como si se buscaran para lamerse las heridas —observó, mientras caminábamos de nuevo por la calle.

Continuó diciendo que las personas con desgarraduras bajo la piel eran las que buscaban con mayor desesperación espacios de intimidad con otros. También las que más pronto los rechazaban, como si entregarle eso a otra persona devolviera una imagen demasiado terrible, o como si necesitaran contarle a alguien sus secretos mejor guardados y después irse, dejando a ese otro como guardián de sus pesares.

Dijo eso como un comentario de paso, como si no tuviéramos nada que ver con eso y habláramos de otras personas. Le pregunté si tenía pololo y respondió que esa palabra no le gustaba; si era necesario ponerle una etiqueta a la relación, prefería hablar de pareja. Confesó que era como si tuviera, pero que en realidad trataba de abandonar a esa persona, pero la perseguía y era difícil sacarla de su vida. Sus problemas habían comenzado algunos meses atrás, cuando la golpeó porque sentía celos de sus amigos. Luego descubrió dónde trabajaba y el teléfono de su casa, así que la amenazaba de forma constante, casi no tenía lugares que visitar porque temía que esa persona apareciera. De pronto comentó que no quería seguir hablando en clave, suspiró y dijo que su pareja era lesbiana.

Había estado antes con hombres, pero le gustó aquella mujer, así que la siguió a fiestas y bares. Cuando le habló, ella dijo que tenía otra pareja y dejara de molestarla, pero Mila insistió porque estaba enamorada. La mujer que tanto buscó (de la cual nunca confesó el nombre), finalmente sucumbió a sus encantos. Estuvieron bien durante un tiempo, pero después todo se desperfiló, los celos la convirtieron en una persona tan distinta a la que conoció. La mujer se preocupó de aislarla de sus amigos, vigilándola y tomándole el olor a su ropa interior cuando se juntaban. La golpeaba por cualquier cosa que le molestaba, hasta que Mila no soportó y rompió con ella. Sin embargo, siguió acechándola en las calles, la cercaba en cualquier lugar y, al final, se encerró en su casa sin contestar el teléfono. Durante aquella época, pedía a sus amigos que le compraran cosas y pagaran sus cuentas, llegó al extremo de no asomarse a las ventanas por temor a encontrarla. Su padre, con quien vivía, miraba con extrañeza su repentino aislamiento.

Cierto día un amigo le llevó libros de poesía y se encontró con uno mío. La transparencia de las imágenes, los placeres de la imaginación que se tornaban más poderosos que los sentidos, la región de la noche donde los oscuros impulsos siempre podían ser satisfechos, la devolvieron de nuevo a la vida. Empezó a salir solo cuando oscurecía para hacer frente a los pesares que habían caído sobre ella.

Debo confesar que sus comentarios me subieron el ego y dieron nuevas fuerzas a mi poesía para explorar las regiones misteriosas de la noche. Como un gato que halló una falda tibia y amigable, se fue quedando conmigo. Corregía mis textos, me ayudaba a ordenar su estructura. Mis palabras no tenían realidad ni decantaban por completo si no las compartía con Mila. Era la mujer más hermosa del mundo, pero no le gustaban solo los hombres. Salió de la nada, como alguien sentado en la sala vacía de una función de trasnoche y con quien después compartimos un trago en complicidad, una gata desconfiada que se paseaba por los callejones solitarios de la ciudad, una Rapunzel encerrada en su torre, pero sin cabellera y, por lo mismo, no podía ser rescatada. Ella, que sola se borraba de todo, que decía no antes de tiempo, que prefería cultivar en sus diversas dimensiones la amargura y el dolor, era una sombra sigilosa y dentro —aprisionada— lloraba una niña desde hacía mucho tiempo.

Las cosas estaban bien con Luna, pero las circunstancias —esa suerte de encuentros fortuitos entre el espacio y el tiempo, o aquello que es la casualidad y que, en el fondo, es solo algo que nombramos sin poder descifrarlo— me llevaron hacia Mila sin buscarla y no quería ni podía dejarla ir. No era celoso (Luna también comenzó a no serlo), ni me hacía mala sangre porque ella tuviera encuentros con mujeres de vez en cuando. Si había deseos que apenas podía comprender por sí misma, ¿quién era yo para cuestionarla? Prefería que llegara a conocerlos mejor y, quizá con el tiempo, yo fuera suficiente para ella y no tuviera que recurrir a otros modos de placer. Me decía a mí mismo que el mundo era lo que cada cual hacía de él. La libertad era la posibilidad que cada cual se ofrendaba para extender su lugar en el mundo. La vida era lo que se era capaz de construir en el espacio de tiempo disponible, y otras máximas igual de cómodas a las cuales apelaba para tener la conciencia más tranquila y no pensar tanto en lo que estaría haciendo Mila. Y también las utilizaba para fingir que comprendía todas las cosas que ella era.

Mila daba besos crueles y descarnados, de odio y dolor. No tenía mucho que decir para consolarla, nada que amortiguara la amargura que llevaba dentro. Ella leía mis escritos y yo estaba siempre ahí cuando me necesitaba, creía que con eso era suficiente. A veces descubría sus ojos fijos en los míos, con una mirada en que vislumbraba un dejo de desprecio y supremacía sobre mí, apenas un visitante de las tinieblas que ella vivía a plenitud. Jamás pude quedarme a dormir a su lado una noche entera, como si formara parte de la luz de la cual rehuía, o como si no pudiera compartir el ataúd lleno de tierra donde reposaba su cuerpo.

Llegan a la librería El Ateneo, frente a la plaza de la Intendencia. Tras una orden del Poeta, el Jote toca el timbre repetidas veces, pero nadie abre.

—Murillo, estamos haciendo el loco. Es demasiado tarde, Mila dijo que vinieras a buscar algo… no sé qué, pero no creo que imaginara que vendrías altiro.

—No me importa. Si hay algo para mí, lo quiero ahora.

Lo mira fijo, así que el Jote insiste con el timbre.

Se enciende una luz en el interior. Escuchan pasos que avanzan a través de un corredor y en la puerta de vidrio con barrotes se asoma el rostro de don Anastasio, el dueño de la librería. Luego de reacomodarse los lentes, hace un gesto con la mano para espantar a quienes molestan a estas altas horas de la noche.

El Poeta entierra un puño en las costillas del Jote, quien le ruega a don Anastasio que abra; explica que vienen por algo que ha dejado Mila y es muy importante que lo recojan.

Don Anastasio entorna la puerta.

—¿Se han vuelto locos? ¿Saben la hora que es? —Con su acento español, habla desde una mínima ranura que ha abierto.

—Don Anastasio, disculpe que lo hayamos sacado de la cama, pero Mila dijo que podíamos venir.

—A esa hija mía se le ha extraviado la cabeza. —Abre un poco más la puerta—. Mira esto de venir a meter a unos tíos a estas horas de la noche. Pero ¿qué es lo que pretendéis? ¿Hacer espiritismo?

—No, pues… Mila nos ha dejado algo para que lo retiremos. —Al Jote se le contagia el acento español.

—Para ti no ha dejado nada —sentencia con el brazo—. Para este otro, puede que haya algo… Pero ¡ustedes me van a matar con este frío de bandoleros y con lo que me cuesta conciliar el sueño! ¡Válgame, Dios! De haber puesto una librería, mejor habría sido un almacén, nadie me vendría a molestar con paquetes guardados a última hora.

El anciano demora en abrir por completo la puerta.

—Este tío puede entrar, pero tú te quedas afuera, por molesto y zalamero. —Apunta al Jote.

El Poeta traspasa el umbral de la puerta y oye cerrar a su espalda. Espera a que el viejo se adelante. Mientras lo sigue, mira las estanterías repletas de libros hasta el cielo, las sombras de ambos reflejándose sobre los volúmenes. Llegan a otra puerta, donde comienza la casa y termina la librería.

El viejo le dice que aguarde allí y se aleja. Regresa con un sobre abultado después de un rato.

—¿Esto era lo que tanto buscabais? De seguro no son más que un montón de hojas que podrían haber esperado con sosiego a que las leyeras en cualquier otro momento.

—Mila las dejó para mí, quería que yo las tuviera.

—Libros, libros, unos escritos, otros por escribir… bosquejos de la vida, sobre todo del pasado… es de lo único que pueden hablarte, de lo que se fue y no importa. De tanto leer, vais aprendiendo a mirar el futuro con los ojos del pasado. ¿Y de qué sirve todo aquello? Pues no lo sé. Alguna vez lo supe, pero ya no. Sabe Dios que es lo único que he aprendido a hacer en este mundo: leer y hablar de libros. Y ahora sentencié a mi pobre hija a esta misma infame vida.

—No será para tanto, don Anastasio. Es un modo tranquilo y honrado de ganarse la vida. Mila ha heredado ese amor por los libros de usted.

—Sí, desde luego, el amor por los libros. Sobre todo, ¡el amor por encerrarse en sí misma y no hacer nada!

—Mila continuará con su obra, con esta librería, me lo ha dicho.

—Ya quisiera yo que se dedicara a otra cosa. No a todo el mundo le hace bien este trabajo, algunos se quedan prendados a los libros y, aunque los cierren, pareciera que van por la vida viviéndolos.

—Como el Quijote.

—Tú lo has dicho bien, como el Quijote. Mi hija es así. Ya querría yo que por lo menos tuviera un Sancho Panza que la trajera de vuelta al mundo real.

—Bueno, vamos a ver qué podemos hacer por ayudarla.

—Ya, hijo, anda a ver si encuentras a mi Quijote, debe andar confundiendo el puerto con La Mancha.

En la puerta, el Poeta se despide con afecto de don Anastasio. Como era de esperar, el Jote no está cuando sale.

Se sienta en uno de los bancos de la plaza de la Intendencia y abre el abultado sobre que ha dejado Mila. En su interior encuentra un manuscrito sin título. Recorre las hojas y se sorprende al ver que corresponden a los poemas que escribió en Santiago, aunque mejor redactados.

Algún tiempo atrás ella lo acompañó a la calle Independencia, a la última pensión donde vivió antes de convertirse en vagabundo. Insistió en que recuperara sus antiguos escritos. Nada de lo que había hecho antes era inútil, todas las cosas que alguna vez tuvieron importancia eran valiosas, como una prueba de su existencia, y no podía arrojarlas al olvido.

Para la entrega de las cajas la señora de la pensión exigió que se le pagara lo adeudado. Después de mucho negociar, acordaron una parte de la plata y pudieron sacar las cajas, llevándolas a casa de Mila, quien —por lo que veía— se encargó de revisar los papeles que a él poco le importaron.

Da vuelta las páginas con mayor atención. Comprueba que Mila realizó una gran obra, algo que él jamás podría haber logrado. No hay nada más en el sobre, ninguna nota. El Jote le ha dicho, mientras caminaban hacia la librería, que Deborah no perdona que Mila lo haya querido. Ahora están juntas quién sabe dónde, tiene miedo de que algo le ocurra.

Piensa en que la noche ahora sí devela su verdadero sentido, a medida que avanza hacia el ocaso. Guarda el manuscrito en el sobre y se pone en marcha.

Extrañaba a Mila, sus tertulias literarias en aquella casa secreta detrás de la librería de su padre. Parecía que hubiera transcurrido una eternidad desde aquel entonces, cuando reunía a esos seres extraños que nunca vi a la luz del día. A pesar de sus miradas amenazantes, sus vestimentas negras, los aros por todas partes y los semblantes siempre pálidos, la conversación por lo general fluía de lo más cordial y amable. Se reunían alrededor de Mila, como si conjurara las llamas de un fuego que cobijaba del frío y los peligros de la noche; ella permanecía sentada en un gran sofá de cuero, imperturbable en el rincón de la inmensa habitación de techo alto. Todos parecían saber más de literatura que yo y nombraban a escritores de los que jamás oí hablar. Ella me hacía leer mis poemas, quería que al mostrarlos aprendiera más de lo que se esperaba de un texto, y también que entendiera mejor lo que trataba de decir. Sin embargo, algunos de esos seres estrambóticos no los consideraban poemas-poemas, sino narraciones poético-urbanas, fragmentos autobiográficos, prosa poética, microcuentos alambicados, cacofonía poética; escuché tantas denominaciones al leerlos.

Jamás le conté al Estudiante ni a ningún otro amigo sobre esas tertulias a las que asistía. Una de esas noches llegué un poco tarde a la sesión. Alguien le pasaba un cráneo a otro, bebían un líquido espeso que imaginé sangre. Después me di cuenta de que estaban un poco ebrios y lo creí vino. Esa noche Mila estaba más silenciosa de lo habitual.

Apagaron las luces y encendieron velas. Las sombras de los cuerpos se movían en las paredes como si bailaran alrededor de las llamas.

—Es mejor que te vayas —dijo Mila—. Regresa otra noche, no estoy para lecturas.

Me fui sin decir palabra. Vi que un tipo con aire vampírico se acercaba para besarla, mientras otro le acariciaba las piernas. En esas noches no sabía quién era Mila y tampoco quería saberlo.

Durante otra velada fue mi turno de leer. De repente, en mitad de la lectura un tipo me interrumpió, diciendo que era mejor que no siguiera escribiendo. Dijo que perdía el tiempo y jamás entendería la poesía, se notaba que mi escritura no pasaba de ser un montón de imágenes sueltas que no llevaban a ninguna parte.

Entonces, como nunca, Mila salió al paso:

—Eso es justamente lo valioso de sus palabras. No llevan a ninguna parte, dejan al lector suspendido en una atmósfera enrarecida y angustiante. Es lo mejor que he escuchado jamás en estos encuentros, porque no obligan al lector a tomar partido ni a encerrarse en un único sentido, sino lo contrario, lo expulsan a divagar por las sombras y precipicios de una oscura ambientación.

Mila jamás había sido tan clara respecto a mi escritura. Yo no tenía la menor idea de lo que estaba haciendo, hacia dónde se dirigían mis textos ni lo que me proponía, solo me dejaba llevar por las palabras. Pensaba que las cosas que me sucedieron, el curso inusual que había tomado mi vida era suficiente para imprimirle un sentido propio a mis escritos. Creía que vivir como un poeta hacía la diferencia, ya que solo a partir de una vida poética era posible escribir.

Eso fue antes de la larga e infructuosa búsqueda que trajo la noche.

Valparaíso tiene vida propia, pero su tiempo está roto, como si cada noche la ciudad estuviera sumida en un sueño que el día desconoce, donde las cosas son como son, no como debieran ser, y no se pudiera despertar del laberinto onírico de encantamientos.

Hacia el final de la noche, borracho y desvariando, al Poeta le es revelado. Vuelve a la calle Esmeralda y dobla por la subida Concepción hacia el cerro que lleva el mismo nombre. No sabe dónde buscar a Mila, avanza por la ciudad como extraviado, con el manuscrito bajo el brazo. Tampoco ha vendido un solo libro, se siente muy cansado y como a la espera de que alguien lo asalte en esa subida tan solitaria. La noche ha sido demasiado y tiene ganas de irse a dormir.

Llega al Paseo Atkinson luego de tantas vueltas de escalones y se encamina hacia el Hotel Brighton. Allí podrá ofrecer alguno de sus ejemplares y juntar algunas monedas para otro trago. La terraza está llena de turistas a cualquier hora, ansiosos de llevarse un auténtico *souvenir* de Valparaíso, conversar un rato con un poeta de verdad que les cuente algunas anécdotas del puerto.

A estas alturas de la noche quedan pocas personas en el hotel. Ha visto a alguien que cree conocer, una mujer crespa que conversa y ríe de forma festiva con un hombre, y se dirige hacia ellos. El Poeta se inclina sobre la mesa y le pregunta si se acuerda de él. Ella, contrariada, se echa hacia atrás y lo niega, es su primera vez en Valparaíso y no conoce a nadie. Su acompañante sonríe y dice —al reconocerlo— que es el vendedor de libros borracho de anoche. Él insiste, diciéndole que haga memoria. Ella mira algo asustada a su acompañante, quien le pide con amabilidad que los deje tranquilos, ya que no entienden lo que dice y no quieren problemas. El Poeta le pregunta si acaso es su marido este que viene a entrometerse donde no lo han llamado; solo se ha acercado para saludarla, decirle hola después de tanto tiempo, nada más. El acompañante se pone de pie, exigiendo que no sea grosero con ella, le ha advertido que los deje tranquilos. Lo mira fijo y contesta que no habla con él, no es asunto suyo, así que le exige que se quite del medio. El acompañante le da un empujón, el Poeta pierde el equilibrio y trastrabilla hacia atrás, quedando sentado sobre la falda de una persona de otra mesa. De inmediato se levanta y arremete contra el acompañante, intentando darle un puñetazo en la cara, pero falla, mientras grita que le ha robado su lugar junto a ella y solo quería saludarla. El mozo irrumpe con un palo y le da un fuerte golpe en la espalda, después otro hasta tumbarlo. El acompañante aprovecha la caída para darle una patada en el abdomen. Ella se pone de pie y le pide que no siga, es mejor que se vayan. El acompañante la toma de la mano, quejándose con el mozo de la mala protección hacia los clientes, y abandonan el local. El Poeta, víctima del encantamiento, murmura con el aliento entrecortado su nombre, Alejandra, mientras ella se aleja, sin remedio se aleja otra vez por más que la llame.

La cajera también ha salido a la terraza, el mozo le dice que no deberían dejar entrar a esos vendedores ambulantes por más que se las den de poetas, molestan a los clientes y bajan las ventas. Además, no son poetas de verdad, todos ofrecen el mismo libro y no puede ser que hayan escrito los mismos poemas.

El mozo lo ayuda a levantarse. Tendido en el piso, el Poeta tarda algunos momentos en asimilar el entorno y comprender lo que ha pasado. Una vez de pie, el mozo le da una patada en el trasero para echarlo del local, como a un miserable quiltro que hay que espantar. Tambaleando y adolorido, parte por el Paseo Atkinson, se tiende de cuerpo entero en uno de los bancos y piensa que ha sido demasiado y solo quiere descansar.

El Estudiante está sentado unos bancos más allá, conversando una cerveza afuera de su casa con alguien. Tras verlo tenderse, va a su encuentro.

—¿Qué te habías hecho, Murillo? Te buscamos como locos por La Piedra Feliz.

Después de no recibir respuesta, se da cuenta de que está mal y trata de reanimarlo, tironeándolo de la ropa para que se siente. El Poeta no colabora, mira absorto al cielo, mientras piensa en lo que puede convertirse una noche de pócimas y conjuros en Valparaíso.

Una tarde, la dueña de la pensión fue a despertarme.

—Es urgente que se levante, mijito —insistía desde el otro lado de la puerta—, tiene una llamada de larga distancia.

Me puse algo encima, salí de la pieza y bajé al *hall* donde estaba el teléfono. Todavía medio dormido, tomé el auricular.

—¿Aló?

Salió una voz temblorosa que reconocí de forma vaga, me tomó un momento relacionarla con un rostro.

—Hola, es Alejandra.

—Alejandra… Hola, ¿cómo estás? —respondí por inercia.

—No muy bien, pero eso no importa ahora.

—Alejandra, ¿eres tú? —Desperté de súbito, percatándome de quién estaba al otro lado de la línea—. Esto sí que es una sorpresa… pero ¿cómo me encontraste, si no le he dado el teléfono a nadie?

—Eso tampoco importa. —Tu voz trémula ocultaba un dejo de pena—. Solo llamaba para decirte que estuve mal, muy mal cuando desapareciste. Las cosas no fueron fáciles.

—Para mí tampoco. Además, fuiste tú quien desapareció primero, al mudarte a Barcelona. No pensé que volvería a saber de ti.

—¿De qué hablas? Solo fui un par de semanas… Pero mejor no hables, déjame continuar. Quería que supieras que tengo otra hija y voy a casarme.

—Pero eso es algo muy bueno, te felicito, Alejandra. —Traté de ganar tiempo en la conversación para que se desatara el nudo en mi garganta—. ¿Eres feliz?

—No, para nada, pero ya estoy metida en esto. —Se escuchó el silbido del teléfono público desde donde llamabas, el cual advirtió del pronto fin del tiempo—. Ahora tengo que irme, quería que lo supieras.

—Pero ¿hay algún teléfono donde pueda ubicarte? —Estaba un poco angustiado al saber que restaban pocos segundos para el corte.

—No, no importa, solo quería que lo supieras.

—Vuelve a llamar, puedes hacerlo con cobro revertido, yo pago la llamada.

—No, no importa.

De pronto tu voz se perdió detrás del sonido incesante del pito; de forma inexorable, señalaba el fin de la llamada. Colgué rápido el auricular porque creí que volverías a llamar, pero no fue así.

—¿Y? ¿Era una llamada buena o mala? —La dueña de la pensión se asomó al *hall*.

—¿Cómo? No le entiendo, señora Dina. —La miré extrañado.

—Le pregunto si era buena o mala la llamada, mijito, porque nadie llama larga distancia para conversar nomás. —Movió los brazos de forma expresiva.

—No, era una llamada nomás, ni buena ni mala. Y Santiago no está tan lejos tampoco. —Miré hacia el suelo.

—Ah, era de Santiago la llamada. Debe haber sido una mala noticia entonces, porque nada bueno viene de esa ciudad… ¿Y usted no era de allá, mijito?

—Sí, pero eso era antes, ahora soy de acá.

—Ya. Váyase a dormir nomás, tiene que salir a trabajar más rato, no quiero que se me atrase con el arriendo. —Me dio la espalda y regresó a la cocina.

Sentí el silencio y la extrañeza que me dejó tu llamada. Te imaginé haciendo una infinidad de averiguaciones para conseguir números de hoteles y pensiones de Valparaíso, luego llamando a cada uno de los lugares que pudiste ubicar, preguntando primero por mi antiguo nombre y después por mi seudónimo, sin saber si me encontrarías bajo alguno. Al final, cuando diste conmigo, te quedaste al otro lado de la línea sin esperar nada, insistiendo en que era solo para que yo supiera. Una conversación ensayada quién sabía cuántas veces, las palabras, la entonación, porque ese era tu estilo, perfeccionado en tus clases de teatro, aunque fuera verdad. Después de la ruptura, regresaste a buscarme y el viaje a Barcelona fue un gran malentendido o una mentira de Consuelo. Tuve tiempo suficiente para preguntarte si esa hija era mía, pero preferí no hacerlo. Era evidente que habías querido que así lo creyera. No pediste nada y yo dejé las cosas como estaban.

Volví a la pieza y me metí a la cama, pero no pude dormir. Pensaba en cómo estarías luego de la llamada, colgando el teléfono público y yéndote con un sentimiento de alivio, sacándote un peso de encima guardado hacía tanto tiempo. No sé si con eso esperabas que te buscara. Quizá lloraste un poco para sacudirte las penas, después de arrojar eso por la línea del teléfono hacia una ciudad diferente, para que otro lo llevara, otro que andaba por ahí pensando en cualquier otra cosa sin tener nada que ver con ello, creyendo que todo se había acabado cuando partió sin dejar nada atrás.

En la honda iluminación que arroja el repaso de su vida, reconoce que va a perderla, que no existe algo que pueda hacer para recuperarla, por más que se interne cada vez más en la noche, esta se irá diluyendo, desapareciéndose por todas partes hasta borrarse el escenario donde aún podría encontrarla.

La historia de su vida muestra ese final, los relatos anteriores desembocan en este presente, en este ahora, como si hubiera leído el libro de sus días.

Intentó buscarla, creyó encontrar en otra a quien en realidad buscaba. Los golpes recibidos en la terraza del Hotel Brighton lo han despabilado. Es ella quien ha alentado su existencia, a quien nunca comprendió del todo y buscó sin que quisiera ser encontrada. Teme que se haya quedado por siempre en la noche, que la noche se la haya llevado consigo. A pesar de todo, no dejará de buscarla, ese era el centro de sus poemas, una búsqueda incesante con la esperanza del encuentro.

Se levanta de golpe del banco donde está recostado, zafándose de su amigo quien ha intentado reanimarlo, y parte en busca de algo que lo llama, que lo solicita en alguna parte. Lleva el manuscrito consigo, los gritos del Estudiante llamándolo quedan atrás.

Las calles se llenan de gente que sale de los locales, los autos pasan rápido y sin detenerse ante los transeúntes. El pájaro ciego de la noche emigra hacia otras regiones y en su lugar retornan las palomas de la luz.

Presiente que era ella quien lo guiaba por los sombríos parajes nocturnos, quien le decía que no dejara de buscar. La noche decía nunca y, sin embargo, escondía un lugar de encuentro.

Baja veloz el cerro y encamina hacia la calle Errázuriz. Sube a la primera micro que encuentra, atestada de sonámbulos desperdicios humanos que ha excretado el monstruo marino al concluir la noche. Se dirige hacia Playa Ancha, un barrio en el extremo sur de Valparaíso. Debe ir al lugar donde se encuentra la verdadera piedra feliz, un gran roquerío que golpean las olas y llaman así porque en él encuentran fin a sus pesares los suicidas. Va inquieto, en el fondo teme encontrar lo que busca.

La micro avanza un buen trecho bordeando el mar, hasta que se desvía y empieza a escalar el cerro hacia la zona urbana. Pide que lo dejen bajar, salta del vehículo y continúa por la orilla de la costa hacia las grandes piedras rodeadas de espumosas aguas. Corre hacia el lugar, siente que si no llega pronto, será demasiado tarde.

Algo ha sucedido. Se acerca a las luces giratorias de una ambulancia y un radiopatrulla. La noche ha cobrado una víctima, el monstruo nocturno devoró por siempre a alguien, y él, ciego ante lo verdadero, lo que debió prever, corre hacia las luces cada vez más potentes y enceguecedoras. Ve que trasladan en una camilla a alguien, no puede ser otro que un ahogado, alguien que ha devuelto sin vida el mar. Se acerca como tantos otros curiosos que rodean la camilla.

No quiere saber más luego de ver un brazo que asoma fuera de la manta que cubre el cuerpo, un brazo morado y blanco con dedos llenos de anillos.

Quiere huir del lugar, pero ¿hacia dónde, si ya no tiene sentido ir a ninguna parte? Escucha cabizbajo a la gente amontonada.

—Nadie sabe bien qué sucedió —dice uno de los mirones—, el mar simplemente arrojó el cuerpo de una mujer, todavía no ha sido identificada.

Otro de los curiosos tiene una historia: una mujer ha rondado los roqueríos, escudriñando el mar, como si esperara que algo fuera devuelto. Cree que ella ha dado aviso del cuerpo que sacaron del mar. Ha acompañado todo el tiempo a los carabineros y buzos que rescataron el cuerpo sin vida, de una joven amoratada y vestida de negro. La mujer está sentada en el auto de carabineros, se la llevarán para interrogarla, es probable que la hayan tomado como sospechosa, suposiciones que tarde o temprano se aclararán. Cree que es un drama pasional, una señorita con otra señorita, algo inconcebible y a la sombra de las buenas costumbres, cosas que jamás terminan bien, concluye el curioso.

El Poeta se acerca al auto de carabineros y observa a la mujer sentada dentro. Ella mira hacia adelante, a ningún punto en específico. Tiene el cabello corto, la ropa mojada y los ojos achinados por falta de sueño o tal vez por llanto. Está perdida en sí misma, como si nada alrededor le concerniera; lo que era importante no está, se ha ido lejos donde nadie podrá encontrarla, por más que busque esa noche y todas las que sigan.

Piensa en Valparaíso. La ciudad embrujada lo engañó, le mostró su rostro más hermoso para usufructuar de su juventud y arte, y para usurparle a su amada. La ciudad es una bruja que le hizo beber una pócima, para que así crea que es bella y duerma su paso por la noche, y no se dé cuenta de lo vieja, pobre, horrible y embustera que en realidad es. Pero empieza a despertar.

Avanza ensimismado por la calzada que bordea la costa, sin saber hacia dónde se dirige, como si fuera el único y aturdido sobreviviente de un desastre. El camino lleva al centro de la ciudad, pasa por los *containers* apilados como edificios, agrupados en el puerto que nunca deja de trabajar, indiferente a lo que suceda a sus habitantes.

Valparaíso es un transpacífico varado en el mar, ajeno a las aguas en que se encuentra, una ciudad-barco que vive para sí misma, sin puerto al cual llegar, a la deriva en un borrascoso oleaje.

Caminando por su cubierta, el Poeta se ha convertido en noche, oscuro e impenetrable y, a la vez, ha sostenido la lámpara que lo apartó de las tinieblas, mostrando el camino que transita. ¿Cómo es posible mirar la oscuridad y ser la oscuridad? ¿Portar la lámpara y ser la lámpara?

(Estuve allí, apoyada en la baranda mirando el mar, reagrupando similitudes dispersas, lazos huidizos entre las cosas).

No lo sé. ¿Cómo saberlo? Solo sé que ha reaparecido al otro lado de la noche y la atravesó indemne, luchó contra monstruos surgidos de las tinieblas, puso en escena su pasado, despertó recuerdos dormidos. Ha recuperado la luz de otro tiempo y reunido el olvido que es la noche con la memoria que es la luz.

"No es la luz del día la que importa, sino aquella otra que hemos despertado para guiarnos en la oscuridad", se dice a sí mismo el Poeta, rememorando a Rosamel del Valle. Una antorcha, entre una oscuridad y otra, entre una oscuridad y otra. Ser esa pequeña linterna, iluminando apenas y así cruzar los páramos lúgubres, o disolverse en la penumbra en la que están sumidos los demás seres, así de vital e incuestionable es el dilema en que se bate.

El Poeta se mueve raudo por el barco, baja y sube escaleras, corre por pasadizos, va de estribor a babor, escrutando sigilosamente las aguas, como si esperara que algo aparezca, reflote. Un cuerpo tal vez, qué sé yo, algo que habrá perdido o imaginado que tuvo.

Quisiera decirle que los hechizos son una metáfora para mostrar cierto pasado que no ha concluido, algo que no termina de pasar y sigue ahí, repitiéndose una y otra vez, como una larga noche de invierno polar, o como la sombra que proyectan en los muebles y paredes antiguos monstruos o fantasmas. Pero las olas golpean con fuerza la proa, temo perder el equilibrio si suelto la baranda para ir a su encuentro.

El mundo es otro, Poeta, cambió y no nos dimos cuenta. Por estar anclados a este transpacífico, nos quedamos bajo hechizo.

Veamos qué es el mundo ahora.

Nuestra única aliada es la luz, la que nosotros mismos nos procuramos.

Ahora hay que despertar, para no navegar por la eternidad en este barco fantasma, para no hundirnos con el monstruo que nos quiere jalar hacia el fondo de las aguas. Despertar y mirar el mundo de nuevo, como si fuera la primera vez que lo viéramos, que al fin hablen las criaturas que fueron relegadas a la noche, los seres que nunca conocieron el día.

Quisiera decirle tantas cosas, pero mis palabras se han vuelto un lenguaje incomprensible. Hablo y solo puedo elucubrar una extraña mezcla entre dudas y preguntas, se pierden en el vozarrón de las olas contra el casco:

Si todo es una invención, ¿qué es esto que persiste como algo real?

Si el paso del tiempo nos convierte en personajes de nosotros mismos, ¿no deberíamos nombrar las cosas que ahora hacemos como acciones perpetradas por un desconocido y no impulsadas por un supuesto yo (que somos) (que ya no somos)?

Si el arte guarda una semilla que no ha de nacer, que no debe nacer, ¿qué es aquel misterio suyo que germina, pero apenas entrevemos como envuelto en bruma?

Si la noche fue hecha para que —hacia su final— despertáramos al verdadero mundo, ¿para qué fue hecho el día?

por un momento he surgido de la penumbra para decir lo que aún no se ha dicho, para mostrar lo que no ha sido expuesto

he de volver a la oscuridad de la cual provengo, después de entregar la cura para el maleficio:

la única manera de salir de las tinieblas es a través de la luz, no aquella débil y creciente que proviene del exterior, sino aquella fuerte y duradera que uno mismo se procura

las formas no existen más allá de la luz y la sombra que las crea

la luz externa te permitirá ver las falsas formas, comunes a todos, pero la luz interior te develará los secretos que nadie ha de enseñarte e iluminará los caminos que muy pocos han conocido, y menos aún transitado

para ello debes despertar, remover las tinieblas que te han mantenido en las falsas formas

debes liberarte de la lobreguez que te ha aherrojado a esta historia, expulsar las pócimas que te amarran al hechizo

así, sin más, abandona esta historia, sálvate mientras aún hay tiempo y la falsa luz todavía no ha confundido tu discernimiento

cuando el sol entre, no sabrás distinguir lo verdadero de lo falso

despierta mientras aún hay tiempo

No es que quiera ser protagonista ni nada, sé que solo soy un personaje entre muchos, una actriz de reparto que —ahora y de forma momentánea— emergerá de las sombras, como pudo hacerlo cualquier otro de quienes hemos deambulado por estas páginas.

En su mayoría, escribí puras conjeturas: empecé una historia creyendo saber cómo iba a terminar, aunque entremedio pasaron muchas cosas y el hilo que seguía lo perdí. A ratos lo volví a encontrar o creí encontrarlo, pero de pronto no supe si estaba hablando de lo mismo que al principio, pero debía seguir para recuperar el hilo perdido. Luego de perderlo, parecía de verdad extraviado y di vueltas alrededor de una idea que no lograba atrapar hasta que en un momento dije, suficiente, hasta aquí nomás llego. En ese punto había un largo camino al mirar hacia atrás, dejó de importar que hubiera perdido el hilo original porque había creado otro.

Son tantas las veces que escribí y reescribí algunos pasajes, y muchas las que abandoné algún fragmento escrito porque no me convenció o no supe cómo continuarlo, que ahora no sé desde cuál hebra proseguiré.

A lo largo de mi vida preferí la lectura de novelas y cuentos; la poesía de los tontos, como escuché una vez decir a Gabriel, repitiendo las palabras de alguien llamado el Chico Molina. No sé si lo que hace Gabriel es poesía; tampoco importa tanto, supongo. Sin embargo, sospecho que no existe un solo tipo de poesía ni un solo sentido de la poesía. Teniendo en cuenta que nuestro país se autoproclama tierra de poetas, creo que al menos debiera servir para imaginar un mundo mejor, distinto al que conocemos.

No sé por qué escribí esto o, más bien, no recuerdo por qué empecé a hacerlo. Tal vez para tratar de entender un poco la vida de Gabriel, o para perdonar esa forma de ser que tiene a veces, o para aceptarlo, sin tantas preguntas ni explicaciones. Recordé cosas que ha dicho desde que lo conozco y traté de darles escenarios bohemios y ligeramente sórdidos, como los que frecuenta. También me basé en comentarios o anécdotas que otros hicieron de él. Lo cierto es que a veces, solo a veces, quizá guarde cierta veracidad con las palabras y el contexto en que ocurrieron los hechos. Es curioso cómo consideramos ciertas cosas que tal vez una persona no dijo, o que pudo decir en un sentido completamente distinto al que quedó registrado. De todos modos, creo mejor escribirlo a no hacerlo, recordar algo de lo ocurrido a que se pierda para siempre.

Confieso que supe muy poco de la vida de Gabriel en Santiago, de aquel personaje resentido, encerrado en los vicios y la falta de amor y sin puerta de escape, como tantos que deambulan por el mundo. A partir de unos pocos datos que me brindó, intenté armar una historia medianamente coherente de cómo fue su vida allá, de los pasos que siguió hasta traerlo a Valparaíso y ser el vagabundo rehabilitado que de a poco fui conociendo.

Me incomodó narrar tantos excesos de carrete y vejaciones hacia las mujeres. En mi defensa, declaro que fue para mantener un fiel reflejo del personaje y, sobre todo, mostrar el largo camino que siguió hasta ser quien es hoy.

Es curioso lo que uno cuenta de las personas. Sobre Paula, Gabriel dijo que era una niñita cuica y pegote; sobre Constanza, que era caliente y traicionera; sobre Alejandra casi no habló, solo dijo que había estado antes en su vida y luego desapareció, para después reaparecer con una hija, pero la relación de nuevo se acabó. El hecho de que Gabriel no hiciera los mismos juicios de valor tajantes y crueles hacia Alejandra, a diferencia de las otras, llamó mi atención. Pensé que era justamente de lo que menos hablamos aquello que —en el fondo— más nos importa.

Puede parecer incomprensible la necesidad de buscar algo a lo largo de toda una novela, o de seguir enamorado de alguien durante tantos años, sobre todo de alguien por quien no se luchó para recuperar cuando todavía era posible. Es también un poco ridículo buscar toda la noche a alguien que en el fondo no se sabe si se quiere encontrar. Pero así sucede: las cosas que de verdad nos mueven no tienen explicación, solo las vivimos, o tal vez las padecemos. En lo más profundo de cada cual reside un misterio que no podrá revelarse.

Podría haber escrito que al final sí se reencontraron, pero —sin saber mucho de poesía— creo que a un poeta no le haría bien un reencuentro real, físico, al menos no en los términos que el común de la gente entiende como reencontrarse con alguien importante o querido de su vida. Valparaíso es un laberinto, pero uno con salidas conocidas: si te pierdes significa que quieres que así sea, o que no deseas encontrar algo ni ser encontrado. Creo que Gabriel necesitaba mantener la pérdida para escribir, para eso desde luego que sí, aunque sobre todo para vivir: creo que eso le ha dado un impulso para seguir con vida, para continuar en su búsqueda: que no se concretara el encuentro para que, de alguna manera, siempre estuviera buscando.

Gabriel es alguien que dice sí a todo, acepta todo lo que venga, sea para bien o para mal. Es alguien que corre muchos riesgos en la vida y a veces resulta bastante lastimado. No es fácil vivir así. Yo no sería capaz de hacerlo, ni siquiera de intentarlo; muchas de las cosas que escribí me dio miedo hasta de pensarlas. Imagino que la vida así debe ser más plena, más llena de sentido y emocionante, aunque peligrosa.

También es como un quiltro, lo digo con todo el amor y devoción que le tengo a los perros callejeros. Siempre da las mismas vueltas por la ciudad, recorre los mismos sitios donde antes le dieron algo de comer; luego se va con cualquiera que le brinde un poco de afecto, sin importar hacia dónde lo lleve la noche. No necesita en la vida más que este lugar: la ciudad de Valparaíso, que es suya.

A mí, la verdad, es que el puerto me gusta, pero a la distancia: mirarlo desde la ventana de mi casa del cerro Bellavista, así, a vuelo de pájaro. No sé cómo decirlo sin parecer criticona: es una ciudad que tiene buen lejos.

Tal vez llegue el día en que Gabriel esté tan deteriorado físicamente a raíz de tantas noches lujuriosas de carrete sin límites que sea incapaz de hacerse cargo de sí mismo y haya que darle la comida en la boca, ya no pueda caminar ni ir al baño solo, el día en que los supuestos amigos que tuvo se hayan esfumado. Solo quedaremos las personas a quienes tal vez poca atención nos brindó, pero desde un principio lo acogimos y aceptamos como era, quienes terminaremos dándole la sopita de pollo en la boca y cambiándole los pañales.

Pero aún no llegan esos días, quizá nunca lleguen. Acaso muera de repente de un infarto, o sea uno de esos inusuales casos de gente que vive al borde del abismo durante toda su existencia y nunca sufren las consecuencias de ello y, al final, mueren de viejos a los ciento tres años. No lo sé, ¿cómo saberlo?

O puede que sea el extraño caso de alguien que nunca envejece y, tras muchas generaciones y épocas, lo sigamos viendo deambular por las calles nocturnas de Valparaíso, ofreciendo sus libros en versiones cada vez más tecnológicas.

O tal vez llegue el día en que deje de escribir y se convierta en un ser convencional, como aquellos de los cuales tanto reniega, víctima de preocupaciones convencionales, caminando por calles convencionales hacia quehaceres convencionales. No apostaría mis fichas a esta última opción, pero ¿quién sabe? Son tantos los destinos en la vida y tan misteriosos los caminos que a ellos nos llevan.

Lo que en realidad me importa y sí me gustaría es que esta noche en que él ha dado vueltas por la ciudad durara para siempre, cada vez que alguien tomara y leyera las páginas en que quedó impresa su historia. En ese momento retornará a la vida y seguirá caminando por las calles sombrías del puerto. Bueno, tal vez he exagerado al decir para siempre; en realidad, mientras dure el rato en que alguien lea el libro: como una vida que se enciende y apaga en los ojos y la mente de otro. Al final, así habrá encontrado un lugar en el mundo, cuando alguien durante su lectura lo asocie definitivamente a personas, lugares y quehaceres concretos: un hogar, adormeciendo el desarraigo que tanto acechó sus días pasados, como un Odiseo que vuelve a Ítaca, o como un simple trabajador de las letras que regresa a casa después de una larga noche de trabajo.

Al igual que a muchos, me hubiera gustado una historia con final feliz, pero también creo que existe una oscura belleza en las cosas que no se concretan, en aquellas que se pierden para siempre y nunca vuelven. Así queda la distancia entre lo que deseamos y lo que ocurre, el puente que son las palabras entre eso y aquello.

Algunas personas aceptan los hechos de la vida tal cual son. Otras imaginan lo que les gustaría que hubiera sucedido y se quedan con esa imagen inventada de lo real, como si en efecto hubiera acontecido, por sobre las cosas que en verdad ocurrieron. Lo digo, porque tal vez la mujer que buscaba fue un sueño, y sus días en Santiago también fueron soñados y, tal vez, lo único real sea este tiempo deambulando por Valparaíso y lo demás una ilusión, como una vida de la cual leyó o le contaron o soñó o imaginó haber vivido, queriendo que hubiera sucedido. Así también creo que es el efecto del pasado en nuestras vidas: algo que ya no es y pudo no haber sido, una historia ilusoria acerca de nosotros mismos, y que a veces nos obliga a seguir actuando como alguien que ya no somos, como un personaje de nosotros mismos. No somos aquellos que fuimos, no vale la pena seguir actuando como si todo fuera igual que antes. Prosiguiendo con la idea del tiempo, todo lo que nos queda es este pequeño, pequeñísimo pedazo de tierra que llamamos presente, donde nos movemos y acontece nuestra vida, dejando apenas una estela efímera y desvaneciente de tiempo detrás de nosotros y un abismo perpetuo enfrente, donde vamos improvisando y tanteando ciegamente el terreno que se abre por delante.

Quisiera explicar más cosas pero, por otro lado, no le encuentro mucho sentido: es dar más vueltas con las palabras sin llegar a ninguna parte, como si camináramos por una ciudad umbría errando sin motivo alguno. De todos modos, las palabras significan lo que cada cual quiere que signifiquen, así que no hay para qué esforzarse tanto por aclarar las cosas; al fin y al cabo, cada cual entenderá lo que quiere. Además, la noche se acaba, aquí y en la novela. Todos sabemos que la vida es una mierda, un campo de batalla donde constantemente y sin querer dañamos a quienes queremos y otros nos dañan, dejamos a personas que amamos y otras nos dejan. En medio de ese fuego cruzado que es la vida, en el peligro de la balacera, a veces encontramos una trinchera, un refugio donde sentirnos acogidos y amados, mientras continúa la matanza allá afuera.

Hay quienes creen que Gabriel ha vivido agobiado por el desarraigo, en una especie de desdoblamiento que lo hizo sentir como un extraño en su tierra, torciendo su camino hacia una vida decadente, marcada por las extravagancias y la indigencia, en un afán por encontrar su lugar en el mundo. Quien así piensa, como un pedante Bavestrello, no tiene ni idea: ha confundido el viaje con el regreso, creyendo que el poeta es un loco resentido que no encaja en ninguna parte. Para que un poeta sea en verdad tal, creo que debe quedarse eternamente de viaje, sin llegar jamás a su destino, pero debe ansiarlo y buscarlo con todo su espíritu. El destierro es de por vida: nunca llegará a su tierra prometida, solo la deseará, imaginándola y escribiendo sobre ella, la única posibilidad que tendrá de habitarla.

A propósito de una novela de Herman Hesse que estoy leyendo, un poeta también es como Goldmundo: alguien que dejará solo unas cuantas obras sobre la tierra, como las pequeña luces que se ven de Valparaíso a la distancia. Se dejará llevar por todo y nunca tendrá nada de lo que los otros ambicionan, será dueño de su tiempo y libre de abandonar todo cuando así le plazca, sin ataduras, viviendo siempre en un eterno presente. No traicionará su lenguaje —los signos y símbolos que marcaron sus días— por seguir las modas de su época; interpretará el mundo con sus pequeñas herramientas antiguas. Vivirá más de lo que escribe. Y si escribe será para juntar el montón de hojas escritas y venderlas, para tener algo de dinero y continuar con su existencia. Seguirá así hasta el fin de su tiempo.

Una vez leí que todas las historias de la vida al final nos llevan de vuelta a los cuentos de infancia, aquellos que fueron nuestras lecturas iniciales. Mientras escribía esto —cuando perdí el hilo y no sabía cómo continuar— pensé en ellos, los primeros cuentos que alguna vez supe. Me sentí tentada de recurrir a ellos, sobre todo en algunos pasajes en que no se me ocurría un desenlace, tomar el final de alguno y darle una solución rápida a esta historia, pero no lo hice; al menos, no hasta ahora. En este momento apelaré a ellos, no se me ocurre otra forma de explicar lo que a Gabriel le pasa, como a tantos otros que conocí en el albergue para vagabundos, que andan por ahí como personas comunes y corrientes, aunque en realidad no lo son: caminan por calles desaparecidas, ven personas de otro tiempo donde el resto no vemos nada, andan hechizados por su pasado y no pueden (o tal vez no quieren) zafarse de ello.

En esos cuentos, a pesar de las fuerzas oscuras de brujas o hechiceros malignos, siempre triunfa el bien y el amor. Pero para llegar al final feliz y al esperado amor, primero hay que transitar inocentemente por la historia y dejarse coger por las fuerzas del mal. Quien ejerce de protagonista, debe caer víctima del odio o la envidia del antagonista y ser embrujado. Este trance puede durar varios cientos de años, tal vez menos, y consistirá en un cambio o alteración inmanejable (como caer dormido o convertirse en un animal) que afecta a nuestro protagonista, y solo podrá ser roto por alguien, hasta el momento, ajeno a la historia.

¿Cómo romper con un embrujo o hechizo? Como dato anecdótico, acabo de buscar el tema en Google, y lo único que sale es la venta de conjuros de amor, con la garantía de tener a la persona que amas contigo en veinticuatro horas. ¡Vaya que sería fácil así! Hasta me sentí tentada de contactar a algunos de eso chamanes. Pero seamos serios: en los cuentos de infancia se decretaba que el hechizo podía ser roto con un beso de amor, o con algún acto de sacrificio, hecho por alguien que ingenuamente sucumbía al encanto del protagonista y se enfrentaba —muchas veces sin saberlo— al maleficio, revocando su efecto.

En nuestra historia, la cual en apariencia tiene muy poco de cuento de hadas, Valparaíso es tanto el hechizo como el oficiante del conjuro, y nuestro protagonista es al mismo tiempo el hechizado como quien debe liberarse a sí mismo del hechizo. No hay nadie a quien besar o quiera ser besado. Al contrario, el encantado protagonista parece estar huyendo de alguien capaz de romper el embrujo. ¿Qué hacer entonces?

Tal vez me haya equivocado y esté planteando las cosas mal, y en verdad el antídoto al hechizo sea la luz del día, o los golpes que recibió en el hotel Brighton, o simplemente la posibilidad de que la historia concluya, llegue a su fin; salir de ella, para despertar de ella. Son tantas las cosas que pienso y son siempre tan misteriosos los callejones sin salida a los que me llevo, que no lo sé. Quizá sea cierto y solo me quede terminar la historia para que el hechizo se rompa.

Lleguemos al final de este largo peregrinaje por la noche. Dejamos al Poeta sumido en la sorpresa y el dolor de creer que alguien ha muerto. Al parecer, imagina que está relacionado con él. El encantamiento ha surtido sus efectos, cree que es verdadero aquello que imagina y que la realidad es eso que él concita. Sin embargo, a mi querido Gabriel no puedo ni quiero dejarlo sumido en el dolor de no encontrar lo que buscaba, de no recuperar eso que una vez perdió: el fin de la noche debe traerle algún fruto, una esperanza, aunque no sea lo que esperaba.

Y, entonces, escribo:

En el instante en que Luna entra al bar Pancho's, el sol extiende sus primeros rayos sobre los cerros. Viste de negro y tiene recogido su pelo castaño. Ve al Poeta y quiere correr a saludarlo, pero conoce las claves cuando se está inspirando para un acto poético y prefiere no interrumpirlo. Ha llegado en su búsqueda para irse juntos a su casa, después de que el bar La Playa cerrara.

El Poeta está absorto en sí mismo, indeciso respecto a empezar su acto. "Sí —piensa—, muerta Mila". Una niña que nunca conoció del todo y amó como pudo. ¿Para qué contarle a alguien lo que ha sucedido? ¿Para qué compartir el dolor que nadie entendería? Acaso el dolor sea algo que se vive para sí mismo. Siente los empujones de quienes pasan por su lado, los gritos y risas estridentes del local. De pronto, quiere detener los ruidos y gritar lo más fuerte posible:

—¡Qué les pasa! ¿No se dan cuenta de que ella ha muerto?

No dice nada. Las personas van y vienen, conversan y toman sus cervezas, nada podrían hacer por su muerte. Algo contrariado, se encoge de hombros antes de sumarse al torrente humano, la corriente de gente empujándose para llegar dondequiera que vayan y cumplir los tristes anhelos de sus vidas.

Compra una cerveza.

De pronto se queda petrificado. Abre los ojos de forma desmesurada, como si hubiera visto un fantasma y así lo cree: entre la muchedumbre descubre a Mila abrazada a una mujer. Lleva su cabeza calva al descubierto. Vuelve la imagen de lo que vio cerca de la piedra feliz, la imagen que creyó tan cierta y ahora no puede mantener. El encantamiento se deshace con la luz y comprende el malentendido: ha visto lo que ha querido, ha creído lo que ha querido. Era otra persona.

Mila observa al Poeta aproximarse y frunce el ceño.

—Te he buscado toda la noche.

—Bueno, me encontraste. —Mila se acerca más al cuerpo de la mujer que la acompaña.

—Fui a buscar esto que me dejaste. —Le muestra el manuscrito.

—Ah, sí. Ordené tus papeles, con eso me doy por terminada contigo.

—Está bien, pero no era eso de lo que quería hablar… Mila, tienes que cuidarte, estás embarazada…

—¿De qué estás hablando?

—Dijiste que tenías un hijo mío.

—Me refería al libro, estúpido.

—Ah… entendí otra cosa —murmura.

—Eso es lo que siempre pasó contigo. —Mila levanta la voz—. Estabas tan metido en ti mismo que nunca te diste cuenta de nada. Siempre hablabas de buscar en la noche, y que después leyera las cosas que habías escrito en algún boliche de mala muerte. Todo giraba en torno a ti. Me cansé, me aburriste.

—Está bien, Mila… Te deseo lo mejor, suerte en la vida.

El Poeta da media vuelta. Mila vuelve el rostro hacia su amante, dándole un beso carnoso.

Él se aleja sonriente y aliviado, se conforma con saber que está viva, eso cambia todo. Ahora está enojada, pero piensa que pronto se le pasará y cualquier día de estos volverán a estar juntos, no dará mayor importancia a sus palabras.

Algo repuesto, se para sobre una mesa, tiene la botella de cerveza en la mano y las cenizas de su cigarrillo caen sobre la ropa. Su pelo largo está desordenado y mira a su alrededor algo desafiante, con los ojos inyectados en sangre.

No piensa en lo que dirá, siente que algo o alguien habla a través de él. Percibe las imágenes que llegan, la voz de quien las pronuncia en su cabeza para que aparezcan, todo se perfila para que cumpla su propósito.

Cuando el encantamiento opaco de la noche se extravía, y somos presa de un tiempo que no es mañana ni hoy ni ayer, y la vida está perdida sin que nadie pueda rescatarla, buscas en los efímeros placeres de la noche una salvación, borrando los pasos que te han traído a través de los tiempos hasta este momento.

Si la suave brisa del mar que trajo el encantamiento abandonó los cuerpos, dejando al descubierto las caras heridas por la luz, aún nos queda la embriaguez de la memoria de tiempos mejores, que bebe de las aguas negras de la noche, borrando las derrotas y los días sin sentido.

Y si el aroma intenso del encantamiento penetra en tu mirada, y somos partícipes de un remoto crimen, todavía nos tenemos a nosotros para volver a seducir a la noche y que no nos abandone.

Cuando la mirada escucha los pasos de los errantes de la noche, y el oído los ve encallar en sus costas siempre abiertas, con su mirada infinita, su ardorosa paciencia y la complicidad de los cuerpos, la noche pide quedarse como un sueño que nunca termina.

Y si atraviesas la muchedumbre embellecida por la desobediencia, dueña de su insomnio y fatalidad, cómplices que no se saben en el mismo juego, colmada de vampiros recién iniciados, te dejas coger por una noche que durará para siempre, lejos de este maldito tiempo que se llevará todo.

Dice salud a sus amigos que divisa a lo lejos, se empina la botella y con ese gesto da por concluido su acto. Baja de la mesa en el momento en que llega un empleado del bar para decir que no puede hacer eso ahí. El público se ha reído cuando subió, oyendo al principio y luego girando la cabeza hacia la conversación de sus mesas, menos una chica que aplaudió y gritó en cualquier momento, y que los amigos del Poeta han hecho callar en reiteradas ocasiones. La chica se pone a aplaudir de nuevo y esta vez los errantes de la noche la siguen.

El sol penetra oblicuo a través de los vidrios del local y cae sobre las mesas contiguas a la calle y los jóvenes sonámbulos, quienes intentan esquivarlo, corriendo sus asientos y dándole la espalda. Él y Luna se saludan con un beso en la boca. La abraza con fuerza y, al separar sus cuerpos, le sonríe. El encantamiento de la noche se ha dormido.

Bavestrello y el Jote han surgido del gentío de las mesas para unirse a ellos, acompañados por amigas del Estudiante. El Jote pide que le presten dinero para una cerveza, Bavestrello ha comprado una para él solo y apenas convida.

—Te he oído peores cosas, Murillo, pero esta la vamos a dejar pasar, porque tengo sueño.

—Me da lo mismo lo que digas, Bavestrello. He tenido una noche de la puta madre, con una pata en esta tierra y la otra en cualquier parte.

—Tranquilo, Gabriel, ya pasó. —Luna le retira el pelo de la cara y pasa la mano por su mejilla—. Habrá tiempo para que me cuentes.

—Que te cuente también de las patadas y garrotazos que le dieron en el Brighton. —El Estudiante se ríe.

El Poeta sabe que cuando despierte por la tarde se sentará con Luna a tomar un vino, y le contará con lujo de detalles cosas que habrá anotado en forma de poemas en alguno de sus cuadernos. Serán palabras, palabras que iluminarán durante un instante el espacio perdido de la memoria, para decir que ha amado y seguirá amando, con el mismo viejo amor de siempre que ninguna pudo quedarse.

Se levanta la camisa y ve un moretón en su abdomen. Luna dice pobrecito y pregunta si le duele mucho. Como prueba de que un tiempo ha terminado, el Poeta baja la camisa y le sonríe.